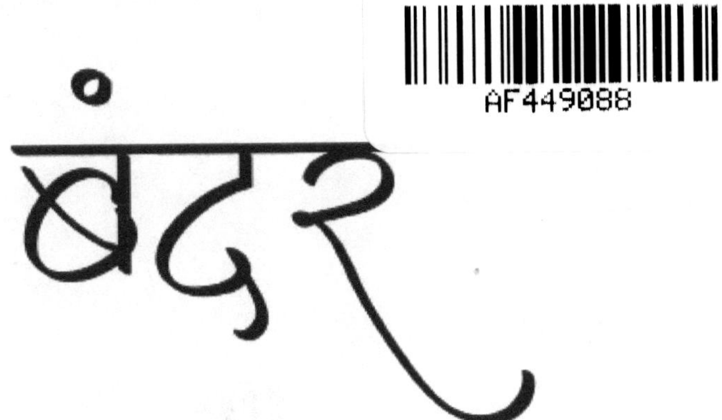

बंदर

फ़ैज़ान ख़ान

REDGRAB books

redgrabbooks.com

रेडग्रैब बुक्स प्राइवेट लिमिटेड
942, मुट्ठीगंज, प्रयागराज-3 उत्तर प्रदेश, भारत
वेबसाइट - www.redgrabbooks.com
मेल - contact@redgrabbooks.com

प्रथम संस्करण रेडग्रैब बुक्स प्राइवेट लिमिटेड द्वारा 2021 में प्रकाशित
सर्वाधिकार टेक्सट : फ़ैज़ान ख़ान 2021
सर्वाधिकार सुरक्षित : रेडग्रैब बुक्स प्राइवेट लिमिटेड 2021
कवर व टाइप सेटिंग : रेडग्रैब बुक्स आर्ट्स
लेखक चित्र : साहिदुर रहमान
भारत में मुद्रित

ISBN : 978-93-90944-13-2

बचपन के उस दिमाग़ के नाम
जिसमें पूरा ब्रह्माण्ड बसता है

डाल लिया है धागा मैंने सूई में
पर मैं जाने कैसा कोट बनाऊँगा?
तार कसे, कर लिया उन्हें सुर में मैंने
पर मैं जाने कैसा गाना गाऊँगा?

-रसूल हमज़ातोव

गुचड़-मुचड़

यह मेरा पहला कहानी संग्रह है। मुझे नहीं पता था कि मैं कभी कहानियाँ भी लिख सकूँगा जैसे यह नहीं पता था कि मैं कभी सब्ज़ी ख़रीदने की गणित को सीख पाऊँगा। यह कहानियाँ कबसे दिमाग़ में उछल-कूद कर रहीं थी और कह रहीं थी कि मुझे लिखो या मुझ पर पिक्चर बनाओ या उपन्यास लिखो या नाटक या कविता या फिर कोई चित्र बनाओ। उसी दिमाग़ की उछल-कूद ने आख़िरकार उन क़िस्सों, दिमाग़ की गुचड़-मुचड़ को रूप दे ही दिया, जिसकी मुझे और कहानी के पात्रों को बहुत ज़्यादा ख़ुशी है। अब कहानी के पात्र सुकून की साँस ले सकते हैं इस पूरी दुनिया की गुचड़-मुचड़ में थोड़ी अपनी गुचड़-मुचड़ मिलाकर। इस संग्रह की कुछ कहानियों की शुरूआत तो "रंगों में बेरंग" से पहले हुई थी लेकिन मुकाम तक लाने में वक़्त लगा, शायद बीच रास्ते में छुपन-छुपाई खेलने लगी थी। मैं अपनी कहानियों पर कोई बोझ नहीं डालना चाहता हूँ। शुरुआत, मध्य और अंत का। मैं बस उन्हें किसी दिन अचानक से एक रुपया पा जाने से लेकर एकदम से पतंग के कट जाने तक के क़िस्से की तरह सुनाना चाहता हूँ। जिसमें क़िस्सा एक चबूतरे से शुरू होता हुआ किसी गली में दुकान पर रखीं रंग-बिरंगी गोलियों को देखते हुए कहीं ओझल हो जाता है बिना अंत की चिंता करे। कहानी को किसी आकार में जकड़ना नहीं चाहता हूँ, बहुत मुश्किल होता है बिना जकड़े हुए कहानियाँ लिखना। एकदम से खेल को बीच में छोड़ माँ की आवाज़ पर घर चले जाने जैसा। बस दिमाग़ की गुचड़-मुचड़ कहानियों को काग़ज़ पर उतार देना चाहता हूँ, पोरा भर पोरा, बिना किसी लाग-लपट के। उत्साहित भी हूँ और डरा हुआ भी, देखना है कि लोगों तक मेरा बंदर गुलाटी लगाते हुए जायेगा या फिर डमरू लेकर कहीं भाग जायेगा। चूहे से बचकर रहना उसके सवाल दिमाग़ कुतर देंगे और घोड़े का मोह पागल कर देगा। सबसे सही जगह इस संग्रह को पढ़ने के लिए चबूतरा रहेगा ताकि हर कहानी पढ़ लेने के बाद सामने ही गुल्ली डंडा खेल लिया जाए लेकिन ध्यान से गुल्ली किसी भेड़ को न लगे नहीं तो वो बाबा को बुला लेगा और बाबा गुल्ली ग़ायब कर देंगे जैसे तीन तारे ग़ायब हो गये मैं की नाव पर कौन की तलाश में।

इन कहानियों और मेरी ज़िंदगी को प्रूफ़रीड करने और कहानियों को पढ़ कर अपनी निष्पक्ष राय देने के लिए अर्शी का शुक्रिया।

फ़ैज़ान ख़ान

लेखक परिचय

फ़ैज़ान ख़ान दिल्ली से हैं। हालाँकि उनका जन्म शाहजहाँपुर, उत्तर प्रदेश में हुआ जहाँ उनका नानी घर है और जिसका असर उनकी लेखनी पर साफ़ दिखाई पड़ता है। फ़ैज़ान 2013 से अस्मिता थिएटर ग्रुप से जुड़ अभिनय की दुनिया में आए, वहाँ दो साल अभिनय करने के दौरान ही उन्होंने कई कहानियों को नाटक में तब्दील करा जिस कारण लेखन की ओर उनका आकर्षण बढ़ा। 2015 में वो क्षितिज और रेनैस्टेन्स थिएटर ग्रुप से जुड़े जहाँ लागातर दो साल तक अभिनय की बारिकियों पर काम किया और उसी दौरान कहानियाँ लिखने का सिलसिला भी शुरू हुआ। 2017 में उन्होंने ख़ुदसे रूपांतरित और लिखित दो नाटक निर्देशित किये, जिसमें से एक नाटक इसी संग्रह की कहानी 'बंदर' था जिसका मंचन शाहजहाँपुर रंग महोत्सव 2017 में किया गया जहाँ 'बंदर' को बेस्ट स्क्रिप्ट से नवाज़ा गया। उनकी पहली किताब, एक कविता संग्रह है 'रंगों में बेरंग' जोकि विमोचन के बाद से दैनिक जागरण-नीलसन की बेस्टसेलर सूची में 3 बार अपनी जगह बना चुकी है। वह 2018 में मुंबई चले गए। अब तक के उनके उल्लेखनीय अभिनय कार्य 'बाटला हाउस' और 'बिन्नू का सपना' फ़िल्में हैं। वह कुछ टीवी विज्ञापनों में भी दिखाई दिए हैं।

- /faizansekhantak

अनुक्रम

1. बंदर — 11

2. अघोषित दोस्त — 27

3. डरना मना है — 46

4. काले अक्षर भैंस बराबर — 58

5. च से चबूतरा — 68

6. तीन तारे — 87

7. भेड़ों का शहर — 96

8. 'मैं' की नाव-'कौन' का किनारा — 101

9. वो ग़ायब हो गये — 112

1
बंदर

जिस दिन मालूम हो जाये उस दिन लिखना छूट जाये या यूँ कहें शुरू हो जाये ख़ैर जो भी हो, मैं अभी लिखना चाहता हूँ बिना किसी की परवाह किये। लेकिन कैसे लिखते हैं? कैसे सीखा जाता है लिखना? कैसे लेखकों की शब्दावली, मर्यादा को अपने वाक्यों में ढाला जाता है, मुझे कोई अंदाज़ा नहीं।

आप मुझे कोई कवि या लेखक ना समझिएगा, यह आपकी बहुत बड़ी भूल होगी। मैं तो बस उस शख़्स की तरह हूँ जिसने इस दुनिया में पहली बार लिखा होगा, जो बस लिखना चाहता होगा बिना किसी नाप-तोल के, अपने मन के तराज़ू में बिना बाँट का बट्टा रखे अपने सारे ख़यालों को एक मोमिया (पोलीथिन) में डाल, बिना तोले, सबको बाँट देना चाहता होगा।

जो सब कुछ उसने महसूस किया या जिया होगा, उस सबको अपने जैसों तक पहुँचाने के लिए एक बड़ी नदी में उस मोमिया को फेंककर, पानी में कंकरियाँ फेंकते हुए उसके रंग को पानी के रंग के साथ खेलता हुआ देखता रहूँगा उम्र भर, सुकून से, जो कुछ पल, साल, अरसों, सदियों में उन लोगों तक पहुँच जायेगा।

सच बताऊँ तो मुझे बचपन से ही लिखना नहीं आता। हाँ ये सच है। आज भी याद है मुझे। तब मैं शायद पहली या दूसरी कक्षा में था। हर शब्द या अक्षर के आगे आ का डंडा लगा दिया करता था जैसे सेब को सेबा, क़लम को कालामा। जिसकी वजह से मुझे हर एक डंडे के बदले एक अंडा देना पड़ता क्लास में और वो भी कुकड़ू-कू के साथ। बताओ भला अंडा भी दो और कुकड़ू-कू भी करो।

छोटी इ और बड़ी ई में अंतर कर पाना भी मेरे लिए नामुमकिन जैसा खेल था और शायद वो खेल आज भी जारी है। बचपन में बहुत शांत रहता था, ऐसा अम्मी बताती हैं। बिल्कुल शांत, तालाब में बैठे बगुले की तरह। जहाँ बैठा दो वहाँ से हिलता नहीं था। शायद आज भी वैसा ही हूँ मैं। शायद!

स्कूल के घण्टे की आवाज़ बहुत अच्छी लगती थी, शायद आपको भी अपने स्कूल के वक़्त में लगती होगी। तालाब में फेंके पत्थर की तरह वो अपनी आवाज़ पहली कक्षा से आख़िरी कक्षा तक ले जाता और सारे उलझे दिमाग़ों को सुलझा देता। घण्टे का अच्छा लगने का सीधा सम्बन्ध पहाड़ों से था। चढ़ने वाले पहाड़ नहीं, वो तो मुझे बहुत अच्छे लगते हैं। मैं भी कैसा बेवक़ूफ़ हूँ पहाड़ तो सबको अच्छे लगते हैं, ये भी कोई बुरी लगने वाली चीज़ है भला। एक बार स्कूल की तरफ़ से शिमला गया था, काफ़ी छोटा था उस वक़्त, स्टेशन पर ही गुम हो गया था, ट्रेन मानो चल ही पड़ी थी और मैं अपनी आँखों को मलते हुए हर डब्बे में अपने स्कूल वालों को तलाश रहा था। आँखें इसलिए मल रहा था क्योंकि मैं सोकर उठा था। उठे तो वैसे सब ही थे लेकिन शायद उनकी आँखों में नींद नहीं बची थी जो मेरे मुँह धो लेने के बाद भी आँखों में झलक रही थी लेकिन बस पल भर के लिए, जब तक कि गुम हो जाने का झोंका नहीं खाया था। ट्रेन की घंटी बज चुकी थी बिल्कुल क्लास की तरह लेकिन मैं इस बार ख़ुश नहीं था, मेरी आँखें सकपका रही थीं और मैं हक्का-बक्का हो गया था, अब क्या होगा? कहाँ गये ये लोग? यहीं तो चादर बिछाये सब सो रहे थे, यहीं तो सब हँस-खेल रहे थे, अभी कुछ देर की ही तो बात है। यहीं तो बड़ी बहन और मैंने घर से लाये पार्ले-जी का बड़ा पैकेट खोला था और उसे खा लेने के बाद सबका मुँह ताक रहे थे क्योंकि और सब बच्चों के पास पैसे थे न! मुझे किसने उठाया? उठाने वाला कहाँ गया? बहन कहाँ गयी? सब लोग कहाँ गये?

ट्रेन ने दौड़ने के लिए साँसें भरना शुरू कर दिया था और मैंने हर डब्बे को तेज़ी से खंगालना कि कहीं तो कोई जानने वाला दिख जाये और मैं झट से ट्रेन में चढ़ जाऊँ। उस दिन मुझे एहसास हुआ था कि इतनी भीड़ में किसी को ना जानना कैसा होता है ख़ासकर कि जब आप गुम हो गये हों। जहाँ आपसे आपकी तकलीफ़ पूछने कोई नहीं आयेगा फिर चाहे आप किसी भी उम्र के पड़ाव पर हों। सब चलते रहेंगे, जाते रहेंगे, दुनिया चलती रहेगी, वक़्त बीतता

रहेगा लेकिन वो शख़्स थम जायेगा एकांत के कुएँ में, जहाँ उसे कोई पुकारने नहीं आयेगा और न ही थपाक से पीठ पर हाथ रखकर कोई पूछेगा – 'अरे भाई क्या हुआ? बड़े परेशान लग रहे हो?'

सिर्फ़ इस एक सवाल के लिए वो इस दुनिया में कितने रिश्ते बनायेगा, लेकिन फिर भी वो थपाक मुश्किल से ही मिल पायेगी। काश! ऐसा होता जब किसी को किसी से बात करने के लिए अपने दिमाग़ वाले कबाड़ में 'रिश्ता' शब्द न ढूँढ़ना पड़ता। वो बस कूद पड़ता अपनी मुस्कुराती हँसी के साथ और ढेरों सवालों के संग उस गुम हुए इंसान के लिए जो हर रोज़ नौकरी से लौटते वक़्त घर का पता भूल जाता है।

मैंने हर डिब्बे में स्कूल वालों को तलाशा लेकिन इतनी भीड़ में मुझे कोई नहीं दिख रहा था। एक-आद बार लगा कि इस डिब्बे में प्रिंसिपल मैडम हैं लेकिन पास जाता हूँ तो कोई और ही निकलता है। अंदर से रोना आ रहा है लेकिन चेहरे पर हैरानी वाले भाव हैं। दिमाग़ में झटपट मनगढ़ंत कहानियाँ बन रहीं हैं-अगर मैं यहीं रह गया तो? तो क्या होगा? क्या-क्या होगा? मैं भीड़ और दिमाग़ में पनप रही मनगढ़ंत कहानियों से परेशान होकर पानी की टंकी के पास पड़ी बेंच पर बैठ जाता हूँ।

तभी कुछ देर बाद पीठ पर एक थपाक पड़ी लेकिन थोड़ी ज़ोर से; वो बड़ी बहन थी। जो न जाने जल्दी-जल्दी क्या बोले जा रही थी और फिर दूसरी तरफ़ से सर को आवाज़ लगाती है जिनके माथे पर कुछ पसीने की बूँदें झलक रहीं हैं। फिर कुछ ही पल में मैं वो सारी मनगढ़ंत कहानियाँ उसी बेंच पर छोड़ आता हूँ। मैं ट्रेन के डिब्बे में बैठा अब शिमला के बारे में झटपट वाली कहानियाँ बना रहा था क्योंकि इससे पहले मैंने शिमला के बारे में सिर्फ़ सुना था कि वहाँ बर्फ़ गिरती है, बड़े-बड़े पहाड़ होते हैं, गुफा में से ट्रेन जाती है वग़ैरह-वग़ैरह।

किसी भी नयी जगह सफ़र करने का सबसे बड़ा फ़ायदा होता है कि आपका दिमाग़ और पेट दोनों, उन मनगढ़ंत कहानियों से भर जाते हैं जिनकी कोई सीमा नहीं होती।

वो तो शुक्र मनाओ कि उस वक़्त मैं मासूम था जो रिश्तों का मतलब नहीं जानता था। तभी तो टीचर और बड़ी बहन ऐन मौक़े पर आ गये नहीं तो ट्रेन

शिमला के लिए चल पड़ती और मेरी ज़िन्दगी किसी और पटरी पर।

लेकिन यहाँ पहाड़ों का सम्बन्ध शिमला वाले पहाड़ों से नहीं है किताब वाले पहाड़ों से है। जो सुकून नहीं देते सिर्फ़ डराते हैं। पहाड़े बोलने से डर लगता है। कभी याद नहीं रहते पहाड़े, जैसे लिखना याद नहीं होता ठीक वैसे ही।

तीसरी या दूसरी बेंच पर बैठता था या शायद सबसे पीछे, याद नहीं।

एक-एक कर पहाड़े रटने वाली प्रक्रिया शुरू हो जाती है; चीख़-चीख़कर रटने वाली। शायद एक टीचर दूसरे टीचर को दिखाने के लिए ऐसा करते हैं और उन चीख़ों में से उनकी ख़ुद की छुपी हुई आवाज़ निकलती, देखो मैं पढ़ा रहा हूँ या रही हूँ। इस उम्र के बच्चों को अक्सर 'रही हूँ' ही पढ़ाया करती थीं। एक-एक कर सारे बच्चे ब्लैक होल जैसे ब्लैक बोर्ड के सामने खड़े हो जाते। जहाँ से हर बच्चा उसे थूक अन्दर करने से लेकर उँगलियों को मसलने तक की हरकतों को ग़ौर से देख सके। फिर पहाड़ बराबर पहाड़े शुरू हो जाते।

मेरे अन्दर बस ऊपर वाले का नाम चल रहा है। मैं उनसे दुआ कर रहा हूँ कि बस किसी तरह वो छुट्टी करवा दें। पहाड़ों का सिलसिला अक्सर आठवें पीरियड में ही होता है। मेरा नंबर अब आ ही गया समझो। ऐसा लग रहा है मानो चारों दीवारें पास आ रही हों और मैं क्लास में अकेला, सिर्फ़ मैं। अगर मैंने पहाड़े नहीं बोले तो ये दीवारें मुझे पिचका देंगी, मेरा भुरता बना देंगी। मेरे मन में अब ज़ोर-ज़ोर से भगवान का नाम चल रहा है।

मुझे अपना नंबर एक सांड की तरह आता हुआ दीखता है कि तभी ज़ोरदार एक लोहे के बजने की आवाज़ आती है। लगता है ऊपर वाला मेरे साथ है। वो मेरी बात सुनते हैं।

हाँ, यह सच है ऐसा ही होता था। लेकिन क्यों ऐसा लगता है वो अब नहीं सुनते जैसे पहले सुनते थे। शायद मैं अब माँ का फ़रिश्ता जैसे दिखने वाला बच्चा नहीं रहा, शायद इसलिए।

आधी छुट्टी की घंटी मुझे पूरी छुट्टी की आवाज़ से भी ज़्यादा अच्छी लगती। क्योंकि मैं उन कुछ मिनटों में बहुत कुछ जीतता या अपने अपमान से बचने की ख़ुशी मनाता। छोटे बच्चों की क्लास नीचे है। पहले नहीं थी, लेकिन

अब है। सुनने में आता है एक बच्चा गिर गया था उस बिल्डिंग की छत से, एक दिन की छुट्टी भी हुई थी। तब से वहाँ छोटे बच्चों की क्लास नहीं लगती। मेरा बड़ा मन करता है वहाँ जाने का, कैसे गिरा होगा वो, खेलते हुए? नहीं रोमांच से? नहीं, किसी ने धक्का दे दिया होगा या फिर पहली बार इतनी ऊँचाई से दुनिया को देखनी कि ख़ुशी बर्दाश्त नहीं कर पाया होगा। ख़ैर जो भी हो अब वहाँ केवल आधी छुट्टी में ही जाया जा सकता है और वो भी सिर्फ़ पहली मंज़िल पर।

मुझे जो झूला पसंद है वो भी उस बिल्डिंग की पहली मंज़िल पर है, उसके दालान में। वहाँ तक का सफ़र तय करना काफ़ी मज़ेदार रहता। मैं दौड़ता हुआ और ऊपर वाले का नाम लेते हुए, हवा से बातें करता बस इस उम्मीद में दौड़ा चला जा रहा हूँ कि उस झूले पर कोई बैठा ना हो। वो झूला एक घोड़ा है। लकड़ी का। हाँ, आपको पता है, अपने आपको बता रहा हूँ। वो केवल आगे-पीछे ही होता है। फिर भी न जाने क्यों वो मुझे बहुत प्यारा लगता है।

मैं बचपने से ही घोड़ों का दीवाना हूँ। जब भाई-दोस्त बातें करते कि वो बड़े होकर, सबसे पहले फ़लाँ बाइक लेंगे फ़लाँ कार लेंगे तब मेरे दिमाग़ में केवल घोड़ा दौड़ रहा होता और मैं उस पर बैठा। मैंने सोच रखा था कि बड़े होकर कोई गाड़ी-वाड़ी नहीं लूँगा, लूँगा तो सिर्फ़ घोड़ा, जिसे सड़क पर दौड़ते हुए सब हैरानी से देखेंगे, देखो वो राजकुमार, योद्धा जा रहा है। उसका एक अलग ही टशन होगा और फिर हेलमेट, सीट बेल्ट का झंझट भी नहीं होगा। मेरा अपना घोड़ा जो मेरे साथ दौड़ेगा, तुगड़ुक-तुगड़ुक-तुगड़ुक-तुगड़ुक...

जब कभी बड़ी सड़कों को नाप रहा होता और अचानक से घोड़े को देख लेता तो वहीं रुक जाता और उसे निहारते हुए सोचने लगता। कितना ख़ूबसूरत है, बाल बिल्कुल रेशमी है, टाँगे देखो, क्या टशन है! और सबसे बड़ी बात वो हवा से बातें करता है।

लेकिन अंकल उसके पैर क्यों उखाड़ रहे हैं या फिर तोड़ रहे हैं लेकिन क्यों? उसके पैरों पर यह लोहे की चीज़ क्यों लगा रहे हैं? वो लेटा हुआ है। कितना दर्द हो रहा होगा उसे। हथौड़ी से ठोक रहे हैं, इनके पैर में ठोकूँ तब पता चलेगा इन्हें कि कितना दर्द हो रहा होगा उसे।

कुछ देर बाद वो खड़ा हो जाता है, थोड़ा पैरों को झटकता जैसे पैर सुन्न

हो जाने पर हम लोग करते हैं वैसे ही वो करता और फिर कुछ ही पलों में हवा से बातें करने के लिए तैयार हो जाता, मन तो करता इसके पीछे-पीछे जाऊँ, देखू कहाँ रहते हैं ये हवा? लेकिन किसके पैरों में इतनी ताक़त जो इनका पीछा करे? थोड़ी दूर तक पीछा करते हुए वापस घर लौट आता और फिर अम्मी बोलती।

"मिला घोड़ा?"

"जी! मिला था भूरे रंग का था।"

"तो बाल ले आये?"

बाल? (मन में)

"फिर भूल गये? कौन-से दिन घोड़े का बाल लाओगे? हमें क्या? मस्सा तुम्हारी नाक पर है हमारी थोड़ी।"

"जी... वो... अगली बार ले आऊँगा, वैसे मैंने नानी जी से सुना था कि कत्था-चूने से भी हट जाता है।"

"हम्म.. लेकिन उससे ख़तरा रहता है, मस्से के पक जाने का।"

"मेरे लगा दीजियेगा कुछ नहीं होगा मुझे।"

"जब नानी के घर जाना, तो नानी से ही लगवा लेना, उन्होंने काफ़ी लोगों के हटाये हैं मस्से, ख़्वाह-मख़ाह में पक-वक जाये।"

मैं हाँ में सर हिलाते हुए सोचने लगा, किसी बैंड वाले का होगा और क्या वरना यहाँ उसका क्या काम? ना तो यहाँ पहाड़ है और ना ही गाँव।

स्कूल ट्रिप पर जब शिमला गया था तो वहाँ हॉर्स राइडिंग हो रही थी, मुझे लगा आज वो दिन आ ही गया, लेकिन अफ़सोस उस पर बैठने के लिए काफ़ी पैसों की ज़रूरत थी और शायद उम्र की भी या फिर साथ में बैठने वाला कोई चाहिए था। उस वक़्त इनमें से कुछ नहीं था।

बचपन में ये ही सोच-सोचकर दुबला हुआ जाता कि हमारे यहाँ शादियों में दूल्हा घोड़े पर क्यों नहीं आता, आख़िर क्यों? कितना अच्छा होता अगर मैं अपनी शादी पर अपने हवा के साथ आता, शान से। लेकिन अफ़सोस ये सपना

भी तोड़ दिया था क्योंकि हमारे यहाँ ऐसा कोई रिवाज़ नहीं था। बस दूसरों की शादी में घोड़ों को पास से छू और महसूस कर सकता था। अभी के लिए इसी से काम चलाना पड़ेगा मन में सोच लेता कि बड़े होकर फ़ैसला करूँगा कि मेरी बारात घोड़े पर जायेगी या नहीं। आधी छुट्टी उसी पर बिता देता और उससे अलविदा लेते वक़्त कह देता, "अगर तुमने किसी और को बैठाया तो मैं तुमसे कुट्टा हो जाऊँगा और फिर हाथी से दोस्ती कर लूँगा।" लेकिन वह एक अच्छा दोस्त है हमेशा मुझसे ही अपनी सवारी करवाता है। मैंने उसके गले के नीचे, दायीं तरफ़ परकार से अपना नाम खुरच के लिख दिया है। ताकि कभी कोई ये ना बोल सके कि "तेरा क्या इस पर नाम लिखा है? जो हमेशा तू ही इसकी सवारी करेगा?" मैंने हवा से कहा भी पेंसिल से लिख देता हूँ, परकार से उसे दर्द होगा। लेकिन वो बोला नाल ठोकने से ज़्यादा नहीं होगा। हम दोनों कब मिले थे याद नहीं, कैसे मुलाक़ात हुई वो भी याद नहीं लेकिन हाँ दोस्ती का पता था। वो उससे मिलने के पहले ही हो गयी थी। उसे भी हैरानी हुई थी यह सुनकर कि मैं उसका दोस्त उससे बिना मिले ही कैसे बन गया।

लेकिन नहीं ये आज क्या हो रहा है? आज ऊपर वाले ने मेरी नहीं सुनी। मेरा नंबर आ गया। मेरे लाख नज़रें चुराने के बावजूद मैडम ने मुझे अपनी नज़रों में फाँस लिया। पैनी निगाहों से ब्लैक बोर्ड के सामने आने का इशारा दिया। मैं उँगलियों को मसलते हुए, पहाड़ों को मन ही मन दोहराते हुए जा रहा हूँ। न जाने क्यों ब्लैक बोर्ड के सामने आते ही अपने आप क्लासरूम में गर्मी बढ़ने लगती है और लोगों की आँखों की रौशनी भी। जिस बात का डर था वही हुआ पहाड़ बराबर पहाड़े चीख़ने के लिए कहा गया। मैंने आँखें बंद करके रेलगाड़ी की तरह 2 का पहाड़ा चीख़ना मेरा मतलब सुनाना शुरू कर दिया लेकिन तभी एक तीख़ी और पैनी आवाज़ मुलायम कानों में सुनायी पड़ी, "2 से नहीं 7 से 7" घूरते हुए मुझसे कहा।

7 एक कम सात, 7 दुनी चौदह, 7 तिया इक्कीस ... 7 चौक .. 7 चौक ....।

एक ज़ोरदार तमाचा। हाँ! मैं नहीं चीख़ सका।

नहीं-नहीं मैं ये याद कर लूँगा आप ये ना करिये, मन ही मन इसे बार-बार हिज्जों के साथ दोहरा रहा था। मेरी प्यारी मैडम जिनकी शक्ल मुझे आज तक याद है उन्होंने मुझे नहीं बख़्शा, ब्लैक होल के सामने खड़े होकर न चीख़ पाने

वाली क्षमता का खण्डन किया और मुँह पर अपने क़लम से चिलकारी करना शुरू कर दी। वो पेन मेरे होंठो के ऊपरी भाग जिसे मैं चील कहता हूँ उस हिस्से से होता हुआ कभी दायें गाल पर गोल-गोल लड्डू बनाता तो कभी बायें गाल पर और फिर कहीं बिंदियाँ बनायी जातीं तो कहीं क़लम से सिंगार किया जाता। मैं आँखें बंद करे और रोने की मुद्रा में ये सब महसूस कर रहा था। चील की जगह अब मूछों ने ले ली थी और शक्ल की जगह किसी मदारी के नन्हे बन्दर ने जो अभी नया-नया खेल खेलना या दिखाना सीख रहा हो। यह मुझे कुछ खिल्लियों और खुसर-पुसर से पता चला कि मैं अब बंदर का रूप ले चुका हूँ।

ऐसा लग रहा था मानो चोर पकड़ा गया जो सालों से चोरी तो कर रहा था साथ ही भगवान की भक्ति में भी लीन था। लेकिन आज उसके भगवान ने उसकी श्रद्धा को नकार दिया और उसे चोर कह कर पंडित के हवाले कर दिया। सबकी आँखों की गुल्लियाँ मेरे ऊपर ही नज़रें टिकाये थीं। सब हँस रहे थे क्योंकि इससे पहले इतना बड़ा चोर कभी नहीं पकड़ा गया था। चोर तब तक चोर नहीं कहा जाता जब तक कि किसी ने उसे चोरी करते ना देखा हो और मैंने तो अपनी सारी चोरियाँ ऊपर वाले के सामने ही की थीं।

ये क्या? नहीं मैडम, नहीं ऐसा मत कीजिये। उन्होंने मेरे मन के अन्दर हिज्जे करती बात को ज़रा भी तवज्जो ना दी और वो मुझे क्लास के बाहर ले आयीं। बात मंदिर के पंडित और उनके कुछ शिष्यों तक सीमित थी तो कुछ ग़नीमत थी लेकिन ये तो बीच चौराहे पे ले आयीं जहाँ से गिरजाघर, मस्जिद, गुरुद्वारा साफ़ दिखायी पड़ते हैं। अब अच्छी-ख़ासी नुमाइश लग चुकी थी बस एक मदारी की ज़रूरत थी और बंदर हाज़िर था। सारे पादरी, मौलवी देख रहे थे और मानो पंडित जी उनसे कह रहे हों देखो भगवान की मूर्ति चुराते वक़्त पकड़ा गया, इसे अपनी क्लास में बख़्शाना नहीं। पब्लिक भी थोड़ा झाँक-झाँक कर लुत्फ़ ले रही है। मेरी नन्ही चोर जैसी शक्ल सबको दिख रही है और मुझे मानो कुछ पता ही ना हो जैसा भाव लेकर घूम रहा हूँ और कह रहा हूँ मैंने चोरी नहीं की, मुझे अन्दर आने देंगे ना? मुझसे सवाल-जवाब नहीं करेंगे ना? जब भी आपका पीरियड लगेगा। मैंने चोरी नहीं की। मैं सब याद कर लूँगा, पहाड़े भी, मात्राएँ भी और इंग्लिश-ग्रामर भी। लेकिन आप मुझे अपनी क्लास में आने देंगे ना?

अरे! कुछ तो परवाह कीजिये, चोरी की है किसी की कॉपी थोड़ी फाड़ी

है जो आप मुझे उस बिल्डिंग में ले जा रही हैं। वहाँ मेरा दोस्त है वहाँ तो ना ले जाइये, कुछ तो दया कीजिये। अगर उसने इस बंदर को देख लिया तो वो क्या सोचेगा? क्या कहेगा? या फिर आज के बाद कुछ कहे ही ना। बंदर गुलाटी खाते-खाते क्लास से मैदान का रास्ता इख़्तियार करता है। ये मदारी अच्छा नहीं है सही से संचालित नहीं करता, रस्सी ज़्यादा कसके पकड़ता है, गुस्सैल है। इमारत केवल चार माले की है फिर भी वो इमारत कहलाती है। उसकी सीढ़ियाँ गिनने के लिए पूरा एक दिन चाहिए।

बंदर का पहला पंजा सीढ़ियों पर पड़ा, वो हिचका, गले से रस्सी को छुटाने की कोशिश भी की मगर गुस्सैल मदारी नहीं माना और सीढ़ियों से घसीटते, पटकते हुए ज़बरदस्ती गुलाटी लगवाकर उसे आख़िरी सीढ़ी पर ला पटका। आख़िरी सीढ़ी पर मुझे आहट-सी हुई कि जैसे वो मेरा ही इंतज़ार कर रहा था ना जाने क्यों लेकिन ऐसा लगा। उसे पहले से कैसे पता हो सकता है? माथे पर शिकन डाले सोच रहा था। उसका दूसरा नाम हवा भी तो है कहीं वो मेरी क्लास के बाहर तो नहीं था जो मेरे माथे पर पड़े बाल के दो गुच्छों में रिस रहे पसीने और तेल को हल्की-हल्की हवा से सुखा रहा था। वह स्थिर खड़ा था जड़ पत्थर-सा। ऐसा तो रोज़ ही मिलता है वो, लेकिन आज उसकी स्थिरता कुछ कह रही थी। उसकी पैनी-तीख़ी निगाहें मेरे भीतर ब्लैक-होल को जन्म दे रही थी। हाँ! ब्लैक-होल तभी जन्मा था। अब हम दोनों एक दूसरे के अगल-बग़ल में थे। मुझे उम्मीद नहीं थी, लेकिन वो बोला

"बंदर!"

"नलायक़ बंदर!"

धीरे-धीरे ये आवाज़ तेज़ होती गयी और फिर ये मेरे ब्लैक-होल की अनंतकार गुफा में गूँजने लगी, दिमाग़ की गलियों से बार-बार टकराकर ब्लैक-होल में जाकर लुप्त हो जाती। मैंने क़दमों की तेज़ी बढ़ा दी। अंजान होने का-सा नाटक करके आगे चल दिया। सारे अध्यापक राक्षस लग रहे हैं। बड़े-बड़े विशाल-भयानक मुँह से हँसते हुए। मैं यहाँ बहुत कम बार आया हूँ। मेरा तो बस दालान तक का सम्बन्ध था। इसी स्कूल में मेरे भाई-बहन भी पढ़ते हैं अगर उन्हें पता चल गया तो? डर नहीं है; शर्म है। घर में पता चल गया तो क्या होगा? और ऐसा ही हुआ अम्मी ख़ूब हँसी अपने नलायक़ बंदर पर जिसे लिखना नहीं आता,

जिसे पहाड़े याद नहीं होते या यूँ कहें कि रट नहीं पाता।

कभी दिमाग़ में तो कभी बिस्तर पर मदारी की डुगडुगी की आवाज़ आती रही और मैं एक पागल बंदर की तरह गुलाटी लगाता रहा। पूरी रात मुझे वो चिल्ल याद आते रहे जहाँ मुझे एक इंसानी बच्चे-से बंदर में तब्दील कर दिया गया। जहाँ एक भगवान के भक्त को चोर साबित कर दिया गया। वो टीचर की क़लम की सियाही मेरे चेहरे पर घूमे जा रहा थी जो गुलाटी में आये पसीने से बहकर किसी दानव का रूप ले रही थी जिससे सब डरते हैं। जिसे सब जानते हैं कि ये वही दानव है जिसे ब्लैक होल के सामने चाक खाते पाया गया था। कमरे का तापमान बढ़ता जा रहा था और मेरी साँसे भी।

मुझे न जाने क्यों उस गली में आने वाले बंदर और मदारी की याद आ रही है। जो हर गर्मियों की दोपहरी में आया करता है अपने साथ एक दीवाने बच्चों की भीड़ लिये। आज मुझे उस बंदर का खेल याद नहीं आ रहा और न ही उसकी हँसी। मुझे उस बंदर के गले में कसती रस्सी नज़र आ रही है जिसे मैं आजतक नहीं देख पाया या और कोई भी। वो बंदर खेल के दौरान कई बार अपनी गर्दन छिटकता लेकिन मुझे वो सब उस खेल का हिस्सा लगता था जिसमें मदारी चुपके से कभी हाथ तो कभी थैले से डंडी निकालने की नक़्ल करता जिसे देख बंदर फ़ौरन गुलाटी लगा देता और गाड़ी पर बैठकर अपनी बंदरिया को जो कि रूठकर मायके चली गयी थी उसे ले आता। उसे लाते वक़्त न जाने वो कितनी गुलाटियाँ लगाता जैसे मैं कल उन सीढ़ियों पर लगा रहा था। खेल ख़त्म हुआ और हर बार की तरह मदारी ने सबसे आटा और पैसे लाने के लिए कहा। मदारी को पता होता था बच्चे चालाक हैं, घर में घुसते ही माँ के आँचल में दुपक जायेंगे जहाँ उनका कोई माई का लाल कुछ नहीं कर पायेगा और फिर दुबारा आने का नाम नहीं लेंगे इसलिए उन्हें कुछ न कुछ कहकर डरा देता जिसके कारण उसकी झोली भर जाती और बंदर को गर्दन पर आयी खरोचों और गुलाटियों के बदले एक केला मिल जाता जिससे वो सबकुछ भूल जाता जो अभी उसके साथ हुआ था।

लेकिन इस बार मदारी ने छोटा हो जाने, मुँह से ख़ून निकल जाने जैसा कुछ नहीं कहा था। इस बार उसने अभिशाप दिया था या फिर उस बंदर ने, कि जो आटा या पैसे नहीं लायेगा वो बंदर बन जायेगा। मैं हर बार की तरह घर

आटा लेने आया अम्मी की नज़रों से छिपकर लेकिन अम्मी ने मुझे पकड़ लिया और आटा ले जाने से इंकार कर दिया क्योंकि कुछ दिन पहले ही तो जादू दिखाने वाला आया था। शायद मेरे उस एक कटोरी आटा न देने की वजह से मैं बंदर बन गया या फिर ये उस बंदर का कोई अभिशाप था जिससे हर बच्चा बंदर बन जायेगा और कोई भीड़ उन नन्ही आँखों वाली नहीं रहेगी जिसके लिए गले में रस्सी खींचते हुए गुलाटी लगानी पड़ती है।

इन सब ग़ाफ़लतों में पड़े-पड़े कब नींद आयी पता ही नहीं चला और बिस्तर में चिड़ियों की चहचहाहट आने लगी। अध-खुली नींद में मैं ये सोच रहा था कि मैं स्कूल क्यों जाऊँ? किसके लिए जाऊँ? सब कुछ तो ख़त्म हो गया। हर किसी ने तो मेरे चेहरे पर सिंगार को देख लिया है। वैसे दिक्क़त हर किसी से नहीं दिक्क़त तो सिर्फ़ एक चीज़ की है कि उसने मुझे असली रूप में देख लिया; जो अब तक ऊपर वाले और मेरे बीच की बात थी, वो अब उसे भी पता चल गयी। उसने भी मुझे बंदर कहा, नलायक़ बंदर कहा उसने भी। क्या वो मुझे ज़रा भी नहीं समझता? क्या उसे मेरा नन्हा-सा दिमाग़ नहीं दिखता? जिसमें सबकुछ समा लेने वाली ताक़त नहीं। और बच्चों के पास होती होगी लेकिन मेरे पास तो बिल्कुल भी नहीं। क्या उसे इसका इल्म नहीं था? हाँ! मैं जानता हूँ कि मैंने उसे कभी नहीं बताया लेकिन क्या उसे इस बात की भनक भी नहीं पड़ी? क्या उसने उसके ऊपर लिखे नाम को नहीं देखा था? जिसे मैंने ग़लत लिखा था। सब ग़लती मेरी है उसे शुरू में ही बता देना चाहिए था तो फिर ये सब न होता, मुझे उसके मुँह से ये सब न सुनना पड़ता। लेकिन मैंने तो उससे कभी नहीं कहा कि तुम और घोड़ों की तरह क्यों नहीं दौड़ सकते? एक ही जगह क्यों खड़े रहते हो? क्या तुम घोड़ा नहीं हो? क्या मैंने उसे कभी ऐसा कुछ कहा या कभी उसे इस बात की भनक पड़ने दी? नहीं ना! तो फिर उसने मुझे नालायक़ क्यों कहा? आख़िर क्यों? वो और मैं दोनों एक जैसे ही तो हैं सेम-टू-सेम। जैसे वो और घोड़ों की तरह घास नहीं खा सकता, दौड़ नहीं सकता वैसे ही मैं भी तो और बच्चों की तरह पहाड़े रट नहीं सकता, सही लिख नहीं सकता। लेकिन क्या पता उसने मुझे वो सब ना कहा हो जो मुझे सुनायी दिया था कल, नहीं ऐसा हो सकता है। क्या पता वो सिर्फ़ हैरानी से मुझे तिरछी निगाहों से ताड़ रहा हो और मैंने वो सब कुछ सुन लिया जो शायद मैं सुनना चाहता था या फिर सोच रहा था कि वो यही कहेगा। हाँ! ऐसा हो सकता है। लेकिन अगर ऐसा न हो और वो सब कुछ सच हो, तब?

तब क्या होगा? तब मैं कैसे स्कूल जा सकूँगा?

ये सब कुछ सोच ही रहा था कि तभी माँ ने चादर खींच ली और मुझे अध-खुली नींद में बिठा दिया। "जाओ जल्दी नहाओ, स्कूल नहीं जाना क्या? " अम्मी ने हल्की-सी डाँट में कहा। और मैं मन में बोल रहा था- "जी, नहीं जाना, बिल्कुल नहीं जाना, कभी नहीं जाना।" इन सब अल्फ़ाज़ों को डकारते हुए मैं नहाने चला गया और साथ ही स्कूल भी।

मुझे दूसरे बच्चों की हँसी और फब्तियों से कोई दिक़्क़त नहीं। है तो बस एक से; उस लकड़ी की काठी से। उससे क्या कहूँगा? उसे तो पता भी नहीं होगा कि मैं लिख नहीं पाता। मेरे दिमाग़ की इन गलियों में कोई रहना ही नहीं चाहता तो इसमें मेरा क्या क़सूर? फिर कैसे लिखूँ? कैसे याद करूँ? चीखूँ? रट्टा मारूँ? कैसे? मन ही मन सवाल-जवाब का जत्था बुन रहा था कि तभी आधी छुट्टी की घंटी की आवाज़ आयी।

शुरुआत कौन करेगा? वो क्या-क्या पूछेगा? मुझसे नफ़रत तो नहीं करेगा ना? मुझे अपनी सवारी तो करने देगा ना? सवालों को नीले नेकर की जेब में मुट्ठी से दबाये लिये जा रहा था। लेकिन आज थोड़ी धीमे, आहिस्ता-आहिस्ता। सीढ़ियों का रुख़ इख़्तियार कर चुका हूँ। आसमान में जाने वाली सीढ़ियाँ ख़त्म ही नहीं हो रहीं। चलता चला जा रहा हूँ और चलता, सिर्फ़ चलता। पैर भारी होने लगे हैं, जैसे सुन्न हो गये हों। अपने दोनों हाथों से एक पैर को आख़िरी सीढ़ी पर जमाते ही मैं सन्नाटे के आग़ोश में आ जाता हूँ।

शेर ने मुझे गन्दी नज़रों से देखा। ज़ेबरा सहानुभूति दिखा रहा है; मैंने ज़्यादा नज़रें नहीं मिलायीं। आज ना जाने क्यों ये लोग इतना कुछ कह रहे हैं। इससे पहले हमारी कभी इतनी बातचीत नहीं हुई। हाँ कभी काठी की सवारी कोई और फ़रिश्ता कर रहा होता तो मैं किसी और के ऊपर लद जाता लेकिन बात नहीं होती। आगे बढ़कर देखता हूँ कि ... कि...

वो नहीं था। वो वहाँ नहीं था .....।

पैरों से ज़मीन खिसक गयी। पैर जो अभी सुन्न थे वो अब खुल चुके हैं, उनकी नसें फटने को हो रही हैं। बंदर वाली मूँछें फिर बन आयीं। चौंके हुए भाव से उस ख़ाली जगह को ताके जा रहा हूँ और वो सब मुझे। मानो वो सारी सवारियाँ

मुझे तानें मार रही हों कि मेरी ही वजह से वो चला गया। मैं शर्मिंदा था, नालायक़ होने पर, ना याद कर पाने पर। काश! कि मैं पहले ही उसे बता देता कि मैं चोर हूँ। तो वो मेरा बंदर वाला रूप देखकर मुझे छोड़कर नहीं जाता। वो हरगिज़ नहीं जाता। मेरे मुँह पोंछने पर टपके आँसुओं से बंदर वाली मूछें फैल गयीं। वो सब लोग भी मुझे नलायक़ बंदर कहने लगे। मैं रोते हुए उन सबसे बोला, नहीं वो कहीं नहीं गया, वो ज़रूर मुझसे नाराज़ होकर कहीं छुप गया होगा, हाँ, वो ... वो ... छत पर गया होगा, हाँ! ताकि मैं उसे न ढूँढ़ पाऊँ।

मैं जाऊँगा उसे ढूँढ़ने के लिए। लेकिन कैसे जाऊँ? सबको चकमा देना होगा। ये काम अभी करना होगा अभी सब मसरूफ़ हैं अपना पेट भरने में। अगर एकदम से दौड़ता हुआ गया तो कोई ज़रूर देख लेगा जूतों की आवाज़ भी बहुत होगी। हम्म्म... आराम-आराम से। ठीक। बिल्कुल सही एकदम कुछ नहीं हुआ वाली शक्ल बनाये रखो। सीढ़ियों पर बैठो। नेकर की जेब से चीज़ निकालकर खाने लगो। आम-पाचक कितनी मज़ेदार होती है; ये गोलियाँ मीठी-मीठी हल्की-सी खट्टी भी। अरे बेवकूफ़ मक़सद भूल गये? कोई नहीं है दालान में ऊपर वाले ज़ीने पर बैठो और ऊपर और ऊपर, रुको कोई आ रहा है जूते का फीता बाँधने लगो। ठीक, मुड़ जाओ, चलो आराम-आराम से, जल्दी और जल्दी और ...... हफ़-हफ़-हफ़्फ़फ़्फ़... इतना अँधेरा क्यों है यहाँ? और धूल भी। इन सीढ़ियों पर पहली बार चल रहा हूँ कितनी हैरानी हो रही है इन सीढ़ियों पर चलते हुए कि इसी स्कूल का एक ऐसा हिस्सा भी है जिसे मैंने कभी नहीं देखा और ना ही इन सीढ़ियों पर अपने पैरों की छाप छोड़ी। जैसे-जैसे ऊपर जा रहा हूँ अँधेरा बढ़ता जा रहा है बिल्कुल मेरी दिमाग़ की गलियों की तरह जहाँ रटने वाली रौशनी नहीं पहुँच पाती। कितनी लम्बी हैं ये सीढ़ियाँ ये तो हवा से मिलने वाली सीढ़ियों से भी अधिक हैं। मकड़ी के कई जाले हैं, टूटी-फूटी बेंचे भी हैं और कुछ झूले भी लेकिन उन के ऊपर कपड़ा पड़ा है। अरे ये क्या ये तो वही झूला है जिसपर मैं ख़ूब फिसला करता था और वो देखो कपड़े में से शेर की पूँछ भी निकल रही है।

हाँ! यही है वो दरवाज़ा जहाँ से लोग दूसरी दुनिया में चले जाते हैं, यहीं से मेरा घोड़ा भी गया होगा। दरवाज़ा काफ़ी पुराना है, पूरे में ज़ंग लग गया है कुछ छेद भी हैं गोल-गोल जिनमें से दूसरी दुनिया की रौशनी आ रही है और

हल्की-हल्की हवा भी। दरवाज़ा बहुत कसके बंद है। कुंडा बिल्कुल कसा हुआ है मानो सालों से ना खुला हो। ईंटे से खोलना होगा, दो-तीन बार ईंटा मारूँगा, कुंडा ढीला हो जायेगा। ठक-ठक अरे आराम से कोई सुन लेगा। अभी भी कितना कर्रा है आवाज़ भी इतनी कर रहा है। चुर्र-चुर्र और ये खुला-खुला खुल गया। आनंदमय सुख है इस छत को पहली बार देखना, दुनिया को इतनी ऊँचाई से देखना। खुला आसमान नयी दुनिया बिल्कुल नयी जिसे पहले कभी नहीं देखा। सब कुछ कितना बदला लग रहा है यहाँ से देखने पर, सारे मकान, सड़कें, आसमान। घर कहाँ है? कहाँ है? कहाँ है वो, वो रहा सफ़ेद घर के पीछे। छत पर कुछ कपड़े पड़े हैं और एक पन्नी की पतंग तार में अटकी हुई हवा में सुर-सुर कर रही है। लो ये रहा मेरा घोड़ा मैंने कहा था ना कि वो यहीं मिलेगा।

बंदर :- "तुम वहाँ क्यों खड़े हो काठी?"

घोड़ा :- "इधर से अच्छी लग रही है दुनिया बिल्कुल नयी, खुला आसमान, सड़कें, मकान सबकुछ एकदम नया।"

बंदर :- "देखो सँभल के, तुम गिर सकते हो"

घोड़ा :- "मुझे आदत है, बहुत पतंगें उड़ायी हैं मैंने"

बंदर :- "बात मानो मेरी गिर जाओगे वहाँ से, इधर आ जाओ, हम बात कर सकते हैं"

घोड़ा :- "मैं नालायक़ हूँ।"

बंदर :- "तो क्या हुआ, पढ़ने से सब होशियार हो जाते हैं। आ जाओ हम दोनों एक साथ पढ़ेंगे।"

घोड़ा :- "नहीं, मैं नहीं हो सकता, क्या मैं मैदान से यहाँ तक की दूरी नाप सकता हूँ?"

मैं धीरे-धीरे उसके पास बढ़ता गया, वो अजीब-अजीब-सी बातें कर रहा था। इससे पहले उसने कभी ऐसी बातें नहीं की थी। जैसे वो मेरा सच जानने के बाद एकदम से बड़ा हो गया हो।

घोड़ा :- "मैं जा रहा हूँ!"

बंदर :- "कहाँ?"

घोड़ा :- "आसमाँ से छत की दूरी नापने। बंदर से घोड़ा बनने मेरा मतलब घोड़ा से बंदर बनने।"

बंदर :- "मैं बोल रहा हूँ ना कि हम बात कर सकते हैं इसके बारे में, मैं किसी को नहीं बताऊँगा कि तुम नालायक़ हो।"

घोड़ा :- "अब सबको पता है।"

बंदर :- "उससे क्या फ़र्क़ पड़ता है मैं तो अब भी तुम्हारा दोस्त हूँ।"

घोड़ा :- "फ़र्क़ पड़ता है, बहुत फ़र्क़ पड़ता है, मेरे पहाड़े याद न कर पाने से, सही न लिख पाने से! बहुत फ़र्क़ पड़ता है। तुमने सही कहा था तुम और मैं एक ही तो हैं सेम टू सेम, तुम्हें क्या लगता है तुमने जो मेरे ऊपर परकार से खुरच कर अपना नाम लिखा था वो मैंने नहीं पढ़ा था?"

बंदर :- "वो नाम मैंने नहीं, तुमने लिखा था।"

घोड़ा :- (बिना बंदर को सुने) "लेकिन फिर भी मैंने तुम्हें नालायक़ नहीं कहा, नहीं कहा न? जानते हो क्यों? क्योंकि मुझे पढ़ना नहीं आता, लिखना नहीं आता, रटना नहीं आता" .... (रोते-रोते बैग से एक छोटा-सा केला निकालता है और उसे रोते हुए मुँह में ठूसते हुए खाने लगता है) "तुम्हारा बंदर जा रहा है, वो अब और गुलाटियाँ नहीं लगा सकता, नहीं लगा सकता। वो अब थक गया है गुलटियाँ लगा-लगाकर, वो अब और नाच नहीं दिखा सकता, वो अब और पहाड़े नहीं रट सकता, नहीं रट सकता। मैंने जो एक बोतल कंचे रखें हैं बड़े वाले गमले के पीछे वो तुम ले लेना और मेरी सारी पतंगें भी (आँसू पोंछते हुए), पतंग उतारते वक़्त पैरों का ध्यान रखना अगर माँझे पर पड़ गये तो सारा माँझा ख़राब, समझे? बड़ी मुश्किल से आता है 2 रुपये का माँझा।" (रोते हुए बैग से कॉपी किताबें निकाल फाड़कर फेंकता रहता है) "सब कुछ तुम ले लेना मेरा, मेरे खिलौने, मेरे कपड़े, मेरा दिमाग़ .. नहीं वो नहीं, वो ले लिया तो गड़बड़ हो जायेगी ... फिर सब गुचड़-मुचड़ हो जायेगा और फिर दिमाग़ की कोई रबड़ नहीं होती न! इंग्लिश वाली टीचर से कह देना कि मैं अब सारे फलों के नाम लिख लेता हूँ। तुम्हें पता है पंछियों ने अब उड़ने से मना कर दिया है वो कहते हैं कि

वो अब दौड़ेंगे और मछलियाँ कह रही हैं कि वो अब उड़ेंगी। अब सब बदल रहा है, तुम भी कुछ सोच लो, कुछ अलग, क्योंकि ये होशियारी वाला नाटक ज़्यादा चलने वाला नहीं है, मुझे पता है तुम्हारे दिमाग़ में भी ब्लैक-होल है बिल्कुल मेरी तरह। मैं जा रहा हूँ .....”

इतने में गेट से किसी के चलने की आहट आती है, भारी-भारी पैरों की आवाज़। जैसे कोई राक्षस आ रहा हो। मैं अपनी गर्दन दरवाज़े की ओर मोड़ता ही हूँ कि तभी पट से कुछ सुनायी पड़ता है, पलटकर देखता हूँ कि वो, कि वो .... घोड़ा.... मेरा घोड़ा... वो वहाँ नहीं है जिसके साथ मैं इतना खेला, वक़्त बिताया, मेरा प्यारा घोड़ा, मेरी सवारी जिस पर सिर्फ़ मेरा नाम लिखा था सिर्फ़ मेरा। मैं झटपट दौड़ते हुए छत के किनारे पहुँचता हूँ और नीचे देखता हूँ कि एक बंदर पड़ा है जिसकी गुलाटी टूट गयी है।

“स्कूल में फिर एक दिन की छुट्टी हुई होगी ना, क्यों हवा?”

2
अघोषित दोस्त!

उनका चबूतरा ठीक हमारी गली के छोर पर था। जहाँ से सड़क का रास्ता जुड़ा हुआ था। अगर मैं अपनी गली में खड़ा हूँ और माधुरी आंटी के चबूतरे की तरफ़ मेरा मुँह है तो वहाँ पर एक टी-पॉइंट बनता था। उस चबूतरे से मेरा रिश्ता अलग था और माधुरी आंटी से अलग। वो अलग बात है कि मैंने शायद ही उनसे कभी बात की हो, हाँ डाँट ज़रूर खायी होगी चबूतरे पर बैठने पर।

माँ बताती हैं जब मैं और मेरे भाई बहन ने स्कूल में दाख़िला नहीं लिया था; तब वही हमारा पहला स्कूल था। उनके तीन लड़के थे मुझे केवल एक का ही नाम याद था सोनू, सोनू भैया, अब पता नहीं कि वही हमें पढ़ाते थे या फिर कोई दूसरे भैया। उनके घर के दो दरवाज़े थे आने-जाने के लिए, एक पिछली गली में खुलता था माने "ट्रांसफ़ार्मर वाली गली" में और एक हमारी गली की तरफ़ जहाँ चबूतरा बना हुआ था। दूसरे दरवाज़े का पता नहीं कि वहाँ भी चबूतरा बना है या नहीं, जबकि उस गली में कई बार जाना हुआ लेकिन माधुरी आंटी का दरवाज़ा नहीं देखा और न ही उसके आगे बना चबूतरा। उनका प्रमुख दरवाज़ा उधर ही था। इधर से वो कम ही निकला करते थे। इसीलिए वो चबूतरा हमारे शाम का अड्डा बन गया था। जब तक कि सब एकत्रित नहीं हो जाते थे।

शाम की पंचायत अक्सर उसी चबूतरे पर होती। मैं, टंटोला और लोमड़ी चबूतरे पर आ चुके थे। बांदर, चड्डी, मुतोडू और तुतले का इंतज़ार कर रहे थे।

"तुझे क्या लगता है? अंडर टेकर, कैन का असली भाई है?" मैंने लोमड़ी

और टंटोले से पूछा।

"इसमें सोचना क्या है, असली ही है, अब कौन-से अंडर टेकर का है यह नहीं पता।" लोमड़ी ने बिना ज़्यादा हैरत से कहा।

"स्कूल में लड़का बोल रहा था कि अंडर टेकर के 6 हमशक्ल हैं जिसकी वजह से वो मरकर ज़िन्दा हो जाता है और वो कभी मरेगा नहीं इसलिए कोई उससे जल्दी लड़ता नहीं है।" टंटोला बोला नाख़ून को कुतरते हुए।

"हाँ यार एक जुड़वा तो उस दिन ही दिखा दिया था जब ट्रिपल एच उसे ताबूत में बंद करने जा रहा था तो उसमें पहले से ही एक अंडर टेकर लेटा था जिसे देखकर उसकी चड्डी फटली ली थी।" मैंने फ़ालसे वाले ताऊ को जाते हुए देख कहा।

"और, क्या बकलोली चल रही है?" मेरी पीठ पर कसकर हाथ मारते हुए मुतोड़ू ने कहा।

"कुछ नहीं, तू बता क्या कैन भी दो हैं अपने भाई अंडर टेकर की तरह।" मैंने मुतोड़ू को भी अपनी बातों के घेरे में लेते हुए कहा।

"और क्या एक मास्क पहनकर आता है बाल के साथ और दूसरा गंजा बिना मास्क के, इसमें पूछना कैसा।" मुतोड़ू ने ठोस वजह जानते हुए कहा।

"अबे लल्लू पता-वता कुछ है नहीं चले हैं डब्लू डब्लू ई देखने, वो दोनों एक ही हैं मास्क के साथ बाल भी चिपके होते हैं। सिर्फ़ अंडर टेकर है दो और बाक़ी के 4 अंडर टेकर पता करना अभी बाक़ी है।" लोमड़ी ने मुतोड़ू का बिस्तर पर मूत निकालते हुए कहा।

"आज क्या खेलना है।" बांदर लपकते हुए आया और उसने सबसे पूछा।

"बैट-बॉल?" टंटोले ने चप्पल की टुंडी लगाते हुए कहा।

"नहीं यार, वो तो कल ही खेला था और फिर गेंद कौन लायेगा? कल वाली तो लाया नहीं तू।" मुतोड़ू ने टंटोले को आँखें उचका के कहा।

"चैन-चैन?" चार बजे की चाय के साथ खाये बिस्कुट को दाढ़ वाले दाँत

में से निकालते हुए मैंने कहा।

"उसके लिए ज़्यादा लोग चाहिए और अभी चड्डू और तुतला नहीं आये हैं।" लोमड़ी ने हाथ में एक रुपये की चुट-पुट को बजाते हुए कहा। जिसके लिए मुतोड़ू उसे दो बार बोल चुका है ना बजाने के लिए।

"हम्म वो तो है।" कह, मैं चुप आते-जाते लोगों को देखने लगा।

"पिट्टू गिराम खेलते हैं यार।" बांदर जैसे अमरूद लपक लिया हो पेड़ से ऐसे भाव से बोला।

"ओ घोंचू अभी बोला ना कि गेंद नहीं है बेट-बॉल नहीं खेल सकते। तो पिट्टू गिराम क्या कागा़ज़ की गेंद से खेलेगा हैं?" मुतोड़ू ने बांदर पर डमरू से लगाम कसते हुए कहा।

"चलो न गिल्ली-डंडा खेलते हैं।" टंटोले ने एकदम चोकस आँखों से कहा जैसे उसके हाथ कोई जादू की छड़ी लग गयी हो या फिर चूरन वाली लॉटरी।

इस बात पर सबने हामी भरी और झट से गुल्ली-डंडा आ गया। सब सामने मैदान की ओर दौड़ पड़े इतने में चड्डू और तुतला भी आ गये। बज्जी बाँटने के लिए एक को चुना गया जिसकी पीठ के पीछे उँगलियों से संख्या दिखायी जायेंगी और वो खिलाड़ी बिना उँगलियों की संख्या जाने खिलाड़ी का नाम बोलेगा फिर उसी हिसाब से सबकी बज्जी निर्धारित होगी। लेकिन यह नाम बोलने के लिए आगे आने में लोग आना-कानी करते हैं। क्योंकि वो सामने खड़े होकर आँखों से इशारा कर बेईमानी नहीं कर सकते हालाँकि होती तो कुछ नहीं बेईमानी। बोलने वाला समझ जाता जब वो अपनी तरफ़ इशारा कर रहा है तो मतलब वो गंदा नंबर है। वो ऐसा इसलिए कर रहा है ताकि वो इसे अच्छा नंबर समझ अपना ही नाम बोल दे और फिर आख़िरी में खेले इसलिए वो सारे पैंतरे को समझ उसी का नाम ले देता जिससे ऐसे चालाकी करने वाले गुल्ली-डंडा की गुच्ची तैयार करने में लग जाते। वो काम बेहतर रहता इशारे से अपना ही सत्यानास करने से अच्छा। चड्डू को ज़बरदस्ती खड़ा किया गया। लोमड़ी ने उसकी पीठ के पीछे उँगलियाँ कर पूछा- "ये किसका" और चड्डू धीरे-धीरे सबका नाम लेता गया। सबसे पहले बज्जी चड्डू की थी और दूसरी लोमड़ी की जिस वजह से सबको शक था कि इनमें कुछ सुलह हो गयी थी पहले ही जिसके चलते लोमड़ी ने पीठ पर

उंगलियाँ चुभो दी होंगी और ख़ुद को एक और लोमड़ी को दो पर बज्जी दे दी। ख़ैर फिर से कौन दस मिनट लड़ता और बज्जियाँ बाँटता इसलिए सब फ़ील्डिंग पर लग गये। लेकिन बात यहाँ आकर अटकी कि कोई साला पदने के वक़्त पर अपने घर नहीं कटलेगा। कुछ के घरवाले तो इतने अच्छे होते थे कि उनको हिंदी फ़िल्मों की माँओं की तरह संकेत मिल जाते थे कि उनका बेटा ख़तरे में है। उसने अपनी बज्जी खेल ली है और अब वो बड़ी देर से पद रहा है। तो कृपया झट से छज्जे पर आयें और अपने लड़के को गुस्से से आवाज़ लगायें और उनका लाड़ला बिना पदे चलता बने घर को। लेकिन भैया मेरी माँ ऐसी नहीं थी मुझे हर बार पूरी बज्जी देकर ही आना पड़ता था। जिस बात का मुझे दुःख भी था और ख़ुशी भी। वैसे हम सबमें सबसे ज़्यादा बांदर की माँ ही मेहरबान थी और साथ में उसकी बहनें भी जो हर बार उसे पदने वाली प्रक्रिया से बचा लेती थीं। फिर चड्डी के भैया और फिर टंटोले की दादी जी। इन सबके आगे हम लोगों का कोई बस नहीं चलता था। इसलिये खेलने से पहले ही तय कर लिया जाता कि पदते वक़्त घर तो नहीं भागेगा? लेकिन होता वही जो ऊपर वाले और पदने वालों के घर वालों को मंज़ूर होता।

बांदर का घर माधुरी आंटी के बग़ल में था और तुतले का घर बांदर के बग़ल में। हम सबमें सबसे छोटा घर बांदर का ही था। लेकिन मुझे उसका घर बहुत अच्छा लगता था। छोटा-सा, प्यारा-सा। लेकिन उसकी बहनें और माँ नहीं। क्यूँकि वो हर बार उसकी पदने की बारी में ही उसे आवाज़ लगा देती।

वक़्त ज़्यादा नहीं हुआ था दोपहर के 3:30 या 4 बजे ही थे। इसलिए दोपहरी का सन्नाटा साएँ-साएँ करता गलियों मे घूम रहा था। टीन पर दौड़ती गिलहरियों की तरह।

हमारी ज़िन्दगी में कुछ दोस्त ऐसे भी होते हैं जिन पर हमने दोस्ती वाला स्टीकर नहीं चिपकाया होता है या यह कहें कि सबके सामने ऐलान नहीं करा होता है कि यह मेरा एक अच्छा दोस्त है या दोस्त है। उन्हीं कुछ दोस्तों में से एक बांदर है। मेरा बिना निर्धारित किये जाना वाला दोस्त, बांदर जिसका इल्म ना मुझे था और ना ही बांदर को। क्योंकि न तो हम बहुत बातें करते थे न ही एक दूसरे के साथ ज़्यादा वक़्त बिताते थे। एक खेल के समय वाला दोस्त था वो। है न ये एक अटपटी बात। बिल्कुल वैसा ही अटपटापन लगता अगर मैं उससे कहता कि,

"बांदर यार तू मेरा सबसे अच्छे वाला दोस्त तो नहीं लेकिन हाँ तू उनमें से ज़रूर है जिसका नाम मैं ज़िन्दगी में नहीं भूलूँगा।"

जब किसी दिन किसी फ़्लैट में रात के तीन बजे कोई दोस्ती वाली फ़िल्म देख रहा हूँगा तो उस वक़्त सारे दोस्तों के ख़याल आने लगेंगे कि, "कौन कहाँ पर होगा? क्या कर रहा होगा अपनी-अपनी ज़िन्दगी में?" तब उस वक़्त यक़ीनन बिना निर्धारित किये जाने वाले दोस्तों में बांदर का ख़याल भी आयेगा।

बिना-ऐलान किये हुए दोस्त की दोस्ती अच्छी होती है। उसमें कोई वादे या फिर वक़्त का आदान प्रदान नहीं होता। उसमें सिर्फ़ यादें होती है सिर्फ़ यादें। बांदर नाम उसका यूँ ही नहीं पड़ा था। कहने को तो हम सब सुबह या फिर रात को एक गिलास दूध पिया करते थे लेकिन हम सब का दूध चढ़ता बांदर के शरीर पर था उसके बिना पिये। वो हम सबमें सबसे ज़्यादा फुर्तीला और ताक़तवर था। खेल-कूद, दौड़ वाले खेलों में सबसे आगे रहता। लेकिन दिमाग़ वाले खेलों में नहीं, वहाँ मेरा राज था। हम सबको लगता था कि अगर बांदर को राष्ट्रीय खेलों मे खिलाया जाये तो वो बहुत आगे तक खेलेगा। यहाँ तक कि अंतर-राष्ट्रीय स्तर पर भी खेल सकता था। उसके जिस्म की हड्डियाँ बनी ही इसलिए थीं। वो दौड़ चाहे हम लोगों के दौड़ चुकने के कितनी ही देर बाद क्यों न लगाये लेकिन जीतता हमेशा वही था। बात चाहे दौड़ की हो या छलांग लगाने की या कुश्ती-कबड्डी की, उसका जवाब हम में से किसी के पास नहीं होता था। इसीलिए हम सब उसे बांदर कहने लगे जिसका शरीर कसैला और तना हो, छलांग और दौड़ बंदर की तरह लगता हो वाला बांदर।

खेल शुरू हो चुका था। चड्डी की बज्जी थी। सब मैदान में फैल गये थे। चड्डी ने धन से मारा दूर जाकर गिरी गुल्ली। टंटोला ने गुल्ली उठायी और फिर डंडे पर फेंक के मारी जो कि नहीं लगी। फिर क्या था चड्डी ने डंडे से गुल्ली को उछाल कर रोटियाँ बनायी। जितनी बार गुल्ली बिना नीचे गिरे डंडे से टकरायेगी उतनी बार रोटियाँ मतलब बज्जी बनती चली जायेगी। अब यहाँ पेंच आता है दोस्ती का, अगर खिलाड़ी चाहे तो अपनी रोटियाँ किसी को दे भी सकता है। लेकिन चड्डी ने सारी रोटियाँ अपने पास रखीं क्योंकि एक तो गुट बनाकर नहीं खेल रहे थे, अकेले-अकेले थे और दूसरी वजह थी कि पिछली बार लोमड़ी ने उसे अपनी रोटियाँ नहीं दी थीं इसलिए वो आज किसी को रोटी नहीं देने वाला

था। चड्डी ने अच्छा-ख़ासा खेला फिर लोमड़ी खेला और फिर बज्जी आयी मेरी। मैंने ख़ूब पदाया।

"ओये हैंगर किसी और को भी खेलने दे यार, हार मान ले।" मुतोड़ू माथे पर आये ढेर सारे पसीने को टी-शर्ट से पोंछते हुए बोला।

"हैंगर रोटियाँ तो इतनी मत बना खेल ले यार बिना रोटी बनाये।" टंटोले ने पदने की हार में हल्के रोते हुए मन से कहा।

धूप अलसाई-सी अंगड़ाइयाँ ले रही थी। सब थक के चूर हो रहे थे कि तभी कुछ हुआ। मैं बज्जी पर था और लोमड़ी गुल्ली पर, बाक़ी सब फ़ील्डिंग पर। आज गुल्ली बिफर गयी। सालों से जो सुनते आ रहे थे आज वो गुल्ली ने हरकत कर दी थी। गुल्ली भन्नाती हुई डंडे से टकराकर सीधा बांदर की आँख में जाकर लगी। हम सबको जितना डर गुल्ली के आँख में लगने का था उससे कई ज़्यादा बांदर की आँख में लगने का था क्योंकि उसकी माँ, बहनें हमें कच्चा चबा जायेंगी अगर उनके एकलौते लड़के को कुछ हो गया तो। बांदर की छोटी बहन ने देख लिया और फ़ौरन माँ को आवाज़ लगा दी। सब दौड़े-दौड़े उसके पास गये, लेकिन मैं वहीं जमा रह गया और साथ में डंडा भी। आँख पूरी तरह लाल हो चुकी थी। गुल्ली सीधा बायीं आँख की दायीं ओर लगी थी जिसकी वजह से आँख बच तो गयी थी लेकिन आँख सुर्ख़ लाल हो गयी थी जिसके चलते हम सब की हालत ख़स्ता थी। कि अगर उसकी आँख को कुछ हो गया तो? कुछ पल बाद मैं इसी दुनिया में वापस आया। डंडा छोड़ मैं उसके पास गया। आँख का गुल्ला पूरी तरह से लाल था। कोई अपनी शर्ट तो कोई अपना नाक पोंछने का कपड़ा निकाल उस पर फूँक मारकर उसकी आँख पर लगा रहा था। मैं बस ऊपर वाले से दुआ कर रहा था कि उसकी आँख को कुछ ना हो। बांदर की अम्मी भी मैदान में आ गयी थीं जिन्हें देख मैं और डर कर दो-तीन क़दम पीछे हो गया। माधुरी आंटी के चबूतरे पर बांदर को ले जाया गया सब उसके आस-पास थे। कोई कुछ बोल रहा था तो कोई कुछ और मैं सुन्न खड़ा था। जैसे गुल्ली बांदर को नहीं ख़ुद मुझे लगी हो। क़िस्मत से छुट्टी का दिन था और पापा वहीं से गुज़र रहे थे। उन्होंने ये सब देखा और फ़ौरन बांदर को नर्सिंग होम ले कर गये। वो एक डेढ़ घंटा मेरे लिए साल जैसा लग रहा था। मन में अजीब-अजीब से ख़याल आ रहे थे। कहीं उसकी आँख न हटानी पड़े। कहीं लाखों का ऑपरेशन ना करवाना

पड़े। कहीं उसे एक आँख से दिखना ना बंद हो जाये। इस तरह के ना जाने कितने ऊल-जुलूल ख़याल आ रहे थे। जिसके डर से मैं घर नहीं गया वहीं चबूतरे पर ही बैठा रहा। घर जाता तो डाँट और मार दोनों लगती।

"बहुत ज़ोर से लगी है यार कहीं उसकी आँख ... " मुतोड़ू बोलते हुए रुक गया।

"अबे चुप कर कुछ नहीं होगा उसे।" लोमड़ी ने बात को झाड़ते हुए कहा।

"ऊपर वाला यही करे, कुछ ना हो।" टंटोला बोला जिसके हाथ में गुल्ली थी।

मुझे पता नहीं क्या सूझी उसके हाथ से गुल्ली बिना बोले ली और उसे नाली में डाल दिया और उधर लोमड़ी ने मुझे देख डंडा पैर से तोड़ दिया।

हम सब कुछ ना कुछ बोल लेने के बाद ख़ामोश रहे। दोपहर के सन्नाटे में इतने सारे बच्चों की चुप्पी एक अलग गर्माहट महसूस करवा रही थी बदन पर। मैं बार-बार कभी सड़क देखता तो कभी बांदर के घर का गेट। मैं सोच रहा था कि कहीं उसकी अम्मी को पता तो नहीं चल गया मुझसे लगी है गुल्ली। दूसरे ही पल सोचा, पता ही होगा उसकी बहन तो छज्जे पर ही थी और फिर पापा भी तो इतनी फुर्ती नहीं दिखाते अगर मुझसे नहीं लगी होती। लेकिन आंटी मुझसे कुछ बोल क्यों नहीं रही हैं। शायद इसलिए क्योंकि मैंने जानबूझ के थोड़ी मारी है। सब खेल रहे थे लग गयी धोके से। बांदर को भी तो बचना चाहिए था। कहाँ चली गयी थी उसकी सारी फुर्ती? नीचे हो सकता था, हाथ अड़ा सकता था, बहुत कुछ कर सकता था लेकिन नहीं ऐसा कुछ नहीं हुआ।

फिर एक डेढ़ घण्टे बाद वो दोनों सड़क से आते हुए दिखायी दिये रिक्शे पर। हम सब जो कि अब कम ही थे कई अपने घर चले गये थे माँओं के बुलाने पर अब उन्हें आता देख ख़ुश हुए। बांदर के हाथ में एक दवाई की पुड़िया थी। बांदर की आँख अब थोड़ी कम लाल थी लेकिन थोड़ी सूजी हुई थी। उसने मेरी तरफ़ एक बार देखा और फिर वो घर के अंदर चला गया। मैं उससे कुछ कहना चाहता था लेकिन नहीं कह पाया। लेकिन कहना क्या चाहता था? यह बिल्कुल नहीं पता था। लेकिन कुछ तो महसूस हो रहा था छाती के अंदर जैसे कुछ शब्द वहाँ से फटकर बाहर आना चाहते थे। लेकिन ऐसा कुछ भी नहीं हुआ। सब

अपने-अपने घर चले गये। उस दिन हमने मन ही मन क़सम खा ली कि आज के बाद गुल्ली-डंडा नहीं खेलेंगे। चाहे और लोगों ने ना खायी हो लेकिन मैंने तो ज़रूर खा ली थी। मैं उस दिन सिर्फ़ उसी क्षण को बार-बार सोचकर देख रहा था कि कैसे गुल्ली मारता कि बांदर के नहीं लगती। साथ ही उसके आने पर उसने मुझसे कुछ कहा क्यों नहीं और ना ही मैं कुछ कह पाया। काफ़ी दिनों तक भाड़ू अंकल के प्लॉट में हम लोगों में से कोई नहीं दिखा। मैंने भी उस दिन के बाद उस हादसे के बारे में कोई बात नहीं की।

फिर कुछ दिनों बाद मैं एक नयी फुटबॉल लाया जो कि उस वक़्त बहुत कम बच्चों के पास होती थी। फुटबॉल तो आ गयी लेकिन इसे खेलें कैसे या फिर यूँ कहें इसके नियम, क़ायदे-क़ानून, मैदान, जूते वग़ैरह कहाँ से लायें? जानें और समझें? ये ख़याल चल ही रहा था कि उधर से बांदर की आवाज़ आयी,

"कितने की ली?" चप्पल पहनते हुए बांदर बोला।

मैंने चबूतरे पर बैठकर लोमड़ी के हाथों में फुटबॉल देते हुए ख़ुशी से कहा, "250 की"।

"कहाँ से?" मुतोड़ू बोला जो लोलिपॉप चूस रहा था।

"यहीं सम्राट की दुकान से" मैंने कहा।

"चलो फिर खेलते हैं।" दो-तीन आवाज़ें मिल गयीं आपस में।

फुटबॉल मैदान में आ चुकी थी। मैदान यानी भाड़ू अंकल का घर कहिये या फिर दो-तीन भैसियों का तबेला। ख़ैर तबेला भी वो काफ़ी वक़्त बाद बना, पहले तो वो केवल मैदान ही था और उससे भी पहले एक गंदा प्लॉट जिसमें गली का सारा कूड़ा फेंका जाता और उसमें पानी भी भरा रहता जिसके चलते उसमें घास उगी रहती। कभी किसी मौसम उसमें बगुले भी आकर बैठते थे। लेकिन अब वो मैदान था। यही कोई 500 गज़ का प्लॉट होगा जिसमें बायें कोने पर एक कमरा बना हुआ था जो मौसम के चलते कभी दुकान में तो कभी घर में तो कभी कबाड़ख़ाने में तब्दील होता रहता था। एक कोने में भैंसें बंधी रहती थीं। भाड़ू कोई गाली नहीं थी ये उनका नाम था। किसने रखा यह नाम ये नहीं जानते थे लेकिन सब बच्चे इसी नाम से उन्हें पुकारते थे। वो मैदान वैसे उनका

नहीं था; ऐसा लोग कहते थे कि उनके किसी रिश्तेदार का है उन्हें सिर्फ़ रखवाली के लिए दे रखा है। हाँ उनका रहन-सहन देख के कोई भी अंदाज़ा लगा सकता था कि वो उनका प्लॉट नहीं है। बिल्कुल शेखचिल्ली की तरह रहते थे। किताबों वाला नहीं जो डैन लोकल चैनल पर नाटक आता था उसकी तरह। एक बार तो सुनने में आया कि भाड़ू ने हरकत भी शेखचिल्ली वाली कर दी। उसी कमरे की छत पर जो कि कभी दुकान बन जाती थी, तो कभी रहने का कमरा, तो कभी कबाड़ख़ाना। उसी कमरे के छज्जे की पटिया पर बैठ उसे तोड़ रहे थे। हथोड़े से पटिया उन्होंने ऐसी तोड़ी कि सड़क पर आकर गिरे टूटी पटिया के साथ। तब से उनका एक कूल्हा टूट गया और उनकी चलने की रफ़्तार धीमी पड़ गयी। जिसके चलते उनसे नलके का पानी नहीं भरा जाता और हम बच्चे "ताऊ पानी भर दूँ" का लालच दे वहाँ खेलने लगते और जब तक कि वो ख़ुद चारपाई से उठ बाहर नहीं भगाते कोई नहीं भागता। कुछ तो इतने बड़े वाले थे कि भाड़ू अंकल के गेट बंद करके चारपाई पर सो जाने के बाद दीवार फांद धीमी आवाज़ में कंचे या कुछ और खेल खेलने लगते। उस मैदान में ही गुल्ली डंडे वाला वाक़िआ हुआ था। सारे खेल यहीं जमते थे। कंचे से लेकर, लट्टू, बैट-बॉल, चिड़ि-बल्ला, चैन-चैन, मारम-पिट्टी, पिट्टू-ग्राम और न जाने क्या-क्या।

न जाने कहाँ-कहाँ से खिलाड़ी आ चुके थे। जिनमें से कुछ के नाम भी नहीं पता थे और कुछ से कभी बात भी नहीं की थी। लेकिन वो खेलने के लिए एकदम राज़ी थे। खेल के वक़्त क्या अपना, क्या पराया। उस वक़्त तो वो सिर्फ़ एक खिलाड़ी होता है जो बिना कोई भाव लिये खेलने के लिए इच्छुक होता है। कभी-कभी कुछ लोगों को काफ़ी वक़्त लग जाता जुड़ने में, तो कभी कुछ लोग पहले दिन से ही ऐसी प्रतिक्रिया देते जैसे वो बचपन से हमें जानते हों। ऐसा अक्सर किसी के यहाँ आये हुए रिश्तेदार के भाई-बहन के साथ होता। वो ऐसे घुल मिल जाते थे जैसे कि वो वहीं रहते हों।

टीम बट गयी थी, अपने दोस्त लोग अपनी टीम में और जिनसे कुछ दिन से न बन रही हो और जो लोग नये हो वो दूसरी वाली टीम में। लेकिन दिक्क़त ये है कि खेल के नियम कोई नहीं जानता। क्योंकि जहाँ क्रिकेट को पूजा जाता हो वहाँ आप फ़ुटबॉल की बात करेंगे तो आप सबसे बड़े मूर्ख लगेंगे। लेकिन फ़ुटबॉल खेल नया था और उसका सबने दिल से स्वागत किया। क्योंकि स्कूल

में तो फ़ुटबॉल सिर्फ़ देखने भर को मिलती थी। इसलिए उसके प्रति रुचि लोगों में और भी थी। उसी उत्साह के चलते सब बिना खेल के नियम जाने और पूछे खेल में कूद पड़े थे। ख़ैर सबको इतना ज़रूर मालूम था कि सामने वाली टीम के पाले के आख़िरी में बने चकोर डिब्बे की लाइन को फ़ुटबॉल से छुआना है। एक और महत्वपूर्ण नियम था कि बॉल को बिल्कुल भी हाथ नहीं लगाना है केवल लात से ही खेलना है। ज़रूरत पड़ने पर सर और छाती का इस्तेमाल भी किया जा सकता है। कोई भी इसे बास्केट बॉल या वाली बॉल की तरह न खेले। वो बात अलग थी कि किसी ने वो दोनों खेल भी नहीं खेले थे। खेल शुरू हुआ- इधर अँगूठा तो उधर घुटना टूटना शुरू हो चुका था। दूर से देखने पर ऐसा लग रहा था मानो ज़मीन पर कोई 20 रुपये का नोट पड़ा हो जिसके लिए सारे पागल हुए जा रहे हैं। पाँच मिनट में पूरे मैदान में धूल ही धूल हो गयी। "यार जूते ही पहन आता तो अच्छा था" ये सब सोच रहे थे लेकिन पहने कैसे? पहले तो कभी खेल के दौरान पहने नहीं, तो फिर आज पहनेगें तो अटपटा नहीं लगेगा? और फिर जूते भी केवल स्कूल वाले हैं जो खेल में इस्तेमाल किये जा सकते हैं। अगर उन्हें कुछ हो गया तो पी.टी. मास्टर बतायेंगे फिर। किसी का घुटना छिला तो किसी की कोहनी। बीच-बीच में लड़ भी रहे थे। हमारी टीम का स्कोर 2 था और सामने वालों का 3। हमें पहले 3 पर आना था फिर एक और गोल करना था। लेकिन यह होगा कैसे? किसी को नहीं पता था। गोल करने की सोच ही रहे थे उल्टा-सीधा दौड़ते हुए कि लो दूसरे पाले के खिलाड़ी से रहा नहीं गया और उसने 20 रुपये के नोट को हाथ से छू लिया। इधर हम सब ख़ुश, अब फ्री-हिट मिलेगी हमें। सबने तय किया कि बांदर ही अपनी मज़बूत टाँगों का करिश्मा दिखायेगा। इस नये खेल में हमारी टीम का नाम रौशन करेगा। हाँ तो भाई बांदर लगाओ फ्री-हिट। बांदर ने पैरों को थोड़ा झटका और बॉल के आगे आकर खड़ा हो गया। हम लोग आराम से पीछे खड़े सामने वाली टीम की फ़ील्डिंग देखने लगे। लो जी ये टाँगे छिटकी और ये मारी लात और लो वो गयी फ़ुटबॉल- "धत्त तेरी की", साले गोल करना था दूसरी दुनिया नहीं पहुँचाना था। फ़ुटबॉल बायीं गली को पार करके उसके पीछे वाले प्लॉट के भी पीछे चली गयी जिसके बारे में हम में से किसी ने भी नहीं सोचा था। यहाँ तक कि ख़ुद बांदर ने भी नहीं सोचा होगा। मेरी शक्ल एकदम से उतर गयी और सूख कर छुआरा हो गयी। जो अब तक इतनी हँसमुख और उत्साहित थी। अब क्या होगा? फ़ुटबॉल

पहले वाले प्लॉट में जाती तो भी कोई बड़ी बात नहीं थी। वहाँ बांदर लपक कर ले आता लेकिन ये तो उससे भी पीछे वाले प्लॉट में चली गयी। जहाँ कोई नहीं जाता और उसकी दीवार पर टूटे शीशे भी गड़े हैं। सारे लोग जुगत भिड़ाने में लगे थे। बॉल उसी प्लॉट में गयी है या फिर पहले वाले में या फिर पल्ली गली में तो नहीं है। मैं केवल बांदर की शक्ल ताक रहा हूँ। मेरी नयी फुटबॉल, एकदम नयी वाली फुटबॉल, 250 वाली कंपनी की फुटबॉल। बांदर पहले वाले प्लॉट की दीवार पर चढ़ा ही था कि उसके घरवालों को सैटेलाइट से संकेत मिल गये। उधर उसे बुलाने के लिए आवाज़ें आने लगीं और इधर मेरा पसीना छूटने लगा। बांदर जल्दी से लपका और पहले वाले प्लॉट के अंदर जा पहुँचा। कुल दस मिनट तक बांदर ने उसी प्लॉट मे ढूँढ़ा लेकिन वो नहीं मिली। मैं मन में सोचे जा रहा था कि जल्दी से मिल जाये और सब घर जायें। अगर फुटबॉल नहीं मिली तो मेरा घर पर क्या हाल होगा उसका अंदाज़ा नहीं लगा सकता था मैं। काफ़ी लोग जा चुके थे, कुछ एक आद ही बचे थे जो फुटबॉल के मिलने का इंतज़ार कर रहे थे। शाम, रात की चादर ओढ़ने लगी थी और मुझे मेरी माँ से डाँट और पिटाई की बेचैनी होने लगी थी। मुझे न चाहते हुए उससे कहना पड़ा कि वो उस प्लॉट में जाये जिसमें से आना काफ़ी मुश्किल है क्योंकि वहाँ दीवार पर चढ़ने के लिए पकड़, मोखले जैसी जगहें नहीं थीं। ऐसा उन लोगों ने बताया था जो लोग उस दीवार पर चढ़कर ही वापस आ गये थे बिना प्लॉट में कूदे। मेरा एक मन कह रहा था। बांदर को वहाँ ना भेजूँ क्योंकि वहाँ जाना और वहाँ से आना दोनों ही बहुत मुश्किल काम हैं। ऊपर से अँधेरा भी छाने लगा है। लेकिन मेरा एक दिल उस नयी फुटबॉल को वापस भी चाह रहा है। वो एक नयी फुटबॉल है जिसमें कुछ मेरे पैसे भी जोड़कर उसे लाया गया था। फिर घर पर डाँट से कौन बचाता? ये कोई बैट-बॉल वाली बॉल तो थी नहीं जिसे जाने दिया जा सकता था। ये पूरे 250 रुपये की बॉल है। ना कि 2 रुपये या 10 रुपये की गेंद। मैं कुछ नहीं जानता वो वापस चाहिए मुझे मन में सोचकर बांदर को मैंने नज़रों से हरी झंडी दिखायी। जो अभी तक मेरी आँखों के इशारे का इंतज़ार कर रहा था कि मैं कह दूँ कि कल देख लेंगे आज रहने देते हैं। लेकिन मैंने उसे अभी का इशारा कर दिया था। उधर से बांदर की माँ और बहन ने छज्जे पर से नज़ारा देख सब भाँप लिया था। लेकिन वो भी इसमें बांदर की कोई मदद नहीं कर सकती थीं। उन्हें भी पता था फुटबॉल गयी है कोई मामूली गेंद नहीं जिसे जाने दिया जाये।

मैं अभी मंथन में था ही कि उसे भेजूँ या न भेजूँ, पीछे मुड़े हुए उसके घरवालों के चेहरे देख लेने के बाद जब मैं वापस मुड़ा तो वो शख़्स जो अभी तक दीवार पर बैठकर नज़रों से फ़ुटबॉल को ढूँढ़ रहा था वो वहाँ नहीं है। मैंने तो उसे कहा भी नहीं था जाने के लिए तो वो क्यों गया? या मैंने कह दिया था। बिना उसे कहे? इधर उसकी अम्मी भी आ गयी थीं जो उसका नाम पुकार रही थीं। लेकिन उधर से कोई आवाज़ नहीं आ रही थी। शायद प्लॉट काफ़ी दूर होने की वजह से उसे कुछ सुनायी ही नहीं पड़ा होगा। हम लोग आस लगाये दीवार को देख रहे थे कि कब उसका हाथ उस दीवार पर दिखायी दे और हम लोगों को राहत मिले। क्या मैं इतना बुरा हूँ? जो उसे एक फ़ुटबॉल के लिए वहाँ भेज दिया, कल भी तो जा सकता था वो दिन में, दिन में तो कोई डर नहीं लगता रात की तरह। मुझे एक तरफ़ उसकी लाल आँख दिख रही थी जो गुल्ली से घायल थी और दूसरी तरफ़ मेरी फ़ुटबॉल जो प्लॉट के किसी कोने में पड़ी है। जिसे बांदर लाल आँख से ढूँढ़ रहा है और आने वाली दीवार लम्बी होती जा रही है। अँधेरा गहरा और गहरा होता जा रहा है। इसी बीच उसी अँधेरे से कुछ निकलता है जिसे बांदर देख ..... नहीं। आसमान से उड़ती हुई एक चीज़ आती है। मेरे ख़याल कंचे की तरह टूट जाते हैं। हाँ वो मेरी नयी, महँगी, कंपनी वाली फ़ुटबॉल थी। मेरी बुझी हुई शक्ल फिर से उत्साह से भर गयी और सब ख़ुश हो गये, मतलब मैं ख़ुश हो गया।

फ़ुटबॉल तो आ गयी लेकिन बांदर आता नहीं दिखायी दे रहा है। उसकी अम्मी अभी भी प्लॉट में हैं और मुझे घूर-घूर के देख रही हैं। मेरी जान फिर गले की नली में ही अटक गयी। मैं सोच रहा हूँ कि मैंने तो उसे पूरी तरह कहा भी नहीं था वहाँ जाने के लिए फिर भी वो वहाँ कूद गया; या फिर मैं अपने कहे को भूल गया था फ़ुटबॉल की वजह से। मैं सच में उससे बोलने वाला था कि "भाई वापस आ जा कल ढूँढ़ लेंगे", सच में, मेरा यक़ीन करिये। मुझे आंटी की कोई आवाज़ सुनायी नहीं दे रही है। मैं बस ऊपर वाले से दुआ कर रहा हूँ कि तभी उसका हाथ दीवार पर आता है। वो मशक़्क़त करते हुए दोनों हाथ दीवार पर रख अपने पूरे वज़न को ऊपर की ओर धकेलता है। फिर दूसरे ही पल वो पहले वाले प्लॉट में छलांग लगाता है और फिर गली में और फिर सीधा अपने घर। मेरी उससे कोई बात नहीं हुई। पता नहीं क्यों मुझे ऐसा लगा कि वो वहाँ जाना नहीं चाहता था, लेकिन उसे मजबूरन जाना पड़ा। लेकिन मैं भी तो यही चाहता था कि वो वहाँ ना जाये या फिर मैं अपने आप से ही झूठ बोल रहा था। मैंने उसे

बोला कुछ नहीं था लेकिन अपनी नज़रों से उसे कह दिया था कि "फुटबॉल तो तुझे लानी ही होगी बच्चू"। लेकिन घर जाते हुए बग़ल में फुटबॉल दाबे मैं सोच रहा था कि ऐसी भी क्या बात फुटबॉल भी तो उसी ने पहुँचायी थी वहाँ। जिसकी ग़लती वही तो भुगतान करेगा या नहीं?

उस रात मैं फुटबॉल वापस मिलने पर ख़ुशी से ज़्यादा दुखी था। बांदर के न चाहते हुए बिना उसे कहे वहाँ जाने के लिए कहने पर या उसे सीधे-सीधे ना रोकने पर। उस दिन मुझे अपनी दोस्ती पर शक हुआ। मुझे सोते वक़्त ऐसा लगने लगा कि मैं उससे जाकर कह दूँ, "तू मेरा दोस्त है मेरा अच्छा दोस्त है। मैंने कभी नहीं कहा इससे पहले लेकिन आज कहता हूँ। इसलिए नहीं कि तू गेंद लेकर आया बल्कि इसलिए कि ... इसलिए कि ... किसलिए?" इसका जवाब तो मुझे ख़ुद नहीं पता। दोस्त की परिभाषा क्या होती है? मुझे नहीं पता। बस जो मिले जहाँ मिले उसके साथ खेल लो। कोई वादा या फिर कोई रिश्ता थोड़ी निभाना होता है। लेकिन मेरे दिमाग़ से उसका चेहरा नहीं जा रहा है। वो बांदर जिसके चेहरे पर इससे पहले मैंने कभी ऐसी उदासी नहीं देखी थी। कबड्डी में उसका निक्कर फटने पर भी उसका चेहरा ऐसा नहीं बना था। ट्यूशन बीच में छोड़ने पर भी उसके चेहरे पर ऐसी उदासी नहीं थी। उसने मेरी तरफ़ एक नज़र भी उठाकर नहीं देखी, बस दीवार से कूदा माँ की डाँट सुनी और माँ से पीठ पर हल्का-सा चाँटा पड़ा और वो चल दिया अपने घर बिना मुझे देखे बिना मुझसे कुछ कहे या सुने। लेकिन उसे भी तो समझना चाहिए अगर वो वहाँ नहीं जाता तो मेरा घर पर क्या हाल होता। मेरी माँ कितना डाँटती मुझे और फिर पापा दुबारा फुटबॉल भी नहीं लाते। और अगर कल लाने का सोचकर एक बार को छोड़ भी देता तो क्या गारंटी है कि उसे कोई ले नहीं जाता वहाँ से अकेला पाकर। वो तो आस-पास घर वालों को अपनी छत से ही दिख जाती क्या पता कौन-सी तरकीब भिड़ा वो उसे ले जाते वहाँ से। मैंने दिवाली और ईद पर मिले पैसों को जोड़कर ही तो फुटबॉल ख़रीदी थी जिसमें आधे से ज़्यादा रुपये पापा के थे। ये कोई कॉस्को या फ्लेस की गेंद नहीं थी जिसे मैं दिल पर पत्थर रख के जाने देता और कुछ दिन बाद नयी ख़रीद लेता। मैं मजबूर था और अपनी जगह सही। ये सोचकर मैं बांदर के चेहरे पर पड़े ठंडे भाव को याद करते-करते सो गया।

मैंने उससे उस दिन के बारे में कोई बात नहीं की और ना ही उसने कुछ बात

की। हम दोनों फिर से बिना घोषित किये दोस्त बन गये थे। लोमड़ी नया वॉकमैन लाया था जिसे देख सबकी हवा निकल गयी थी। माधुरी आंटी के चबूतरे पर बैठ उसमें हम सबने बातें रिकॉर्ड की जिसमें स्कूल मास्टर, गली के खड़ूस अंकल, मैदान में पानी डालने वाली आंटी और कुछ लोगों की चिढ़ वाले नामों से उल्ट-सुल्ट बातें रिकॉर्ड कर फिर उसे सुन ख़ूब ठहाके लगाये। आस-पास के लड़कों को भी सुनाया। उनकी तारीफ़ें भी रिकॉर्ड करके सुना दीं जिससे वो थोड़ी देर के लिए गुस्सा होते फिर रिकॉर्ड कर सुनने वाली चीज़ के करिश्मे को देख वो गुस्से को छू मंतर कर देते। बांदर ने भी उसमें कुछ रिकॉर्ड किया, "मैं दौड़ना चाहता हूँ तेज़ बहुत तेज़ इतना तेज़ कि सब कुछ कहीं पीछे छूट जाये"। हम सब यह सुन कुछ पल के लिए तो एक दूसरे की शक्ल देखने लगे फिर बहुत तेज़-तेज़ कुछ देर तक हँसते रहे। जिससे बांदर नाराज़ हो अपने घर चला गया। कूंडों में हम सब उसके घर जाते तो बैठने की जगह नहीं मिलती जिस कारण वहाँ से एक-दो कुर्सी बाहर कर सब आराम से ज़मीन पर बैठ जाते। मुझे छोटे घर अक्सर बहुत पसंद आते हैं। जब कभी ट्रेन, या सड़क पर चबूतरे के नीचे बने चाय की टपरी को देखता तो रश्क हो जाता सोचकर कि कितना अच्छा लगता होगा इसके अंदर लेटकर नन्हा-सा कमरा, सबकुछ कम और पास में; सब घर वाले साथ में। छोटी- छोटी झोपड़ियों को देख कर भी ऐसा ही रश्क होता कुछ-कुछ वैसा ही बांदर के घर उस कल्पना की ठंडक-सी महसूस होती। टिकियाँ आती जिन्हें देख हम आपस में एक-दूसरे को इशारा करते रहते "तू खा पहले, तू खा"। क्योंकि उसके यहाँ की टिकियाँ इतनी कर्री होतीं कि दाँतों से काटे नहीं कटतीं लेकिन हम मुस्कुराते चेहरों के साथ उसे खा ही लेते। और फिर आंटी के कहने "बेटा और लो" आपस में मंद-मुस्कान के साथ एक-दूसरे को देख पेट भरा होने का कह वहाँ से छू-मंतर हो जाते किसी और के घर के लिए। इसी तरह हम सब एक-दूसरे के घरों पर सिर्फ़ त्यौहारों के दिन ही जाते कभी ईद तो कभी कंच्चा तो कभी होली तो कभी लोहरी तो कभी दीवाली। वो भी शर्माते हुए और आंटियों के कहने पर जाते पता नहीं क्यों इतना कतराते थे एक-दूसरे के घर जाने में जबकि सारा दिन गली में एक साथ खेलते अपनी- अपनी छतों से इशारों में बातें करते, ग़लत पेंच डालने पर एक दूसरे को सुनाते।

कभी बैट-बॉल, तो कभी चिड़ि-बल्ला तो कभी चैन-चैन खेलते हुए हम सब कब ग्यारवीं-बारवीं में आये पता ही नहीं चला। बांदर पढ़ाई छोड़ गाड़ियों

की वर्कशॉप पर मैकेनिक का काम करने लगा था। सब लड़के उससे थोड़ी देर के लिए बाइक ले लिया करते और कभी स्कूल, तो कभी किसी लड़की के पीछे बाइक ले जा अपना टशन दिखाते तो कभी यूँ ही बांदर के पीछे बैठ ठंडी हवा का मज़ा लेते। हम सबने कहा भी उससे पढ़ने के लिए लेकिन वो कहता, "काम करने कब जाऊँगा फिर?" और फिर हम सब चुप हो कोई पुरानी बात छेड़ देते। वैसे हम लोगों के इतना कहने पर उसने बिना स्कूल जाने वाले स्कूल में दाख़िला ले लिया था। पलक झपकते ही हम लोग कॉलेज में पढ़ने लगे और इधर बांदर कुछ दो-तीन दुकानें बदल कहीं काम कर रहा था। उसके पिता जी ने कब का काम छोड़ दिया था उन्हें टीबी थी और उसकी दो बड़ी बहनों की शादी भी होनी थी। जो रात-दिन छोटे बच्चों को ट्यूशन पढ़ाती थीं। उनके घर के सामने से जब भी गुज़रो उनके चबूतरे की पटिया पर छोटे बच्चों की ढेर सारी चप्पलें तितर-बितर दिख जातीं।

कोई आई.टी. सेक्टर में तो कोई अपना ख़ुद का काम करने में तो कोई किसी स्कूल में पढ़ाने लगा था। सब व्यस्त रहने लगे, किसी की मुलाक़ात किसी से नहीं होती। मैं एक वेब-डिज़ाइनिंग की नौकरी करने लगा था। मेरा घर बिक चुका था। मैं एक फ़्लैट में रहने लगा परिवार के साथ।

कई सालों बाद उसी मुहल्ले में फिर से जाना हुआ किसी काम से। इसी बहाने दोस्तों से भी मिलने की सोची। मुहल्ले में सबके घर बदल चुके थे। गली में नये लोमड़ी, टंटोला, मुतोडू, चड्डी, बांदर और हेंगर खेल रहे थे। पुराने वाले अपने कामों में व्यस्त हो गये थे, ऐसा सोच आगे बढ़ गया। बांदर का घर देखा अब भी वैसा ही था जैसा कई सालों पहले था। मुतोडू के घर गया तो पता चला वो घर बेच कहीं और रहने लगे हैं। फिर लोमड़ी के घर की तरफ़ बढ़ा। लोमड़ी घर में नहीं था लेकिन उसके घरवालों से उसका नंबर ले फ़ोन घुमा दिया। उसकी दुकान पास ही थी। सुनार की दुकान थी उसके पापा की इसलिए जब उसकी माँ ने कहा- "दुकान पर है वो"। तो मैं समझ गया पापा की दुकान पर बैठने लगा है। लोमड़ी आया दूर से ही आँखें भींच हल्की मुस्कान के साथ चलता आ रहा था और इधर मैं भी चौड़ी मुस्कान के साथ उसे देख रहा था और अपने पुराने लोमड़ी को उसमें तलाश रहा था। दोनों एक दूसरे को देखकर हँसते रहे और फिर गले मिले। अंदर वाले कमरे में दोनों बैठे। उसने चाय के लिए पूछा। मैंने कॉफ़ी के

लिए कह दिया। फिर धीरे-धीरे सबकी बातें हुईं, कोई कहीं काम कर रहा था तो कोई कहीं। कुछ एक आद की तो शादी भी हो गयी थी और टंटोले की तो सात महीने की बच्ची भी थी। जिसे सुन मैं बहुत ख़ुश हुआ।

"तेरी कैसी चल रही है दुकान, कितना मिलाकर बेच रहा है?" थोड़ा मज़े लेते हुए मैंने लोमड़ी से पूछा।

"ठीक ही चल रही है, त्यौहार और शादी के मौसम पर सही चलने लगती है फिर तो वही रफ़्तार रहती है। थोड़ा तो सब ही मिलाते हैं शुद्ध कुछ नहीं इस दुनिया में" हँसकर चाय की चुस्की लेते हुए लोमड़ी ने कहा।

"तू बता तेरा क्या चल रहा है?" लोमड़ी ने नमकीन की प्लेट मेरी तरफ़ बढ़ाते हुए कहा।

"कुछ नहीं यार एक कंपनी में पालतू कुत्ता हूँ। कुछ काम पड़ा इधर पास में तो सोचा सालों बाद इधर आना हो रहा है तुम सब से मिलता चलूँ।" कमरे को बारीकी से चोर निगाह से देखते हुए मैंने कहा।

"बांदर के क्या हाल हैं?" मैंने थोड़ा झिझकते हुए पूछा।

"क्या होना है वही गाड़ी की दुकान पर काम करता है परसों ही मिला था। जब अपनी गाड़ी उसके यहाँ ले गया था दिखाने के लिए।" लोमड़ी ने मुँह पर लगे नमकीन के दाने को हटाते हुए कहा।

"हम्म्म ...." ही निकला मेरे मुँह से ढेर सारे सन्नाटे के साथ।

थोड़ी देर के लिए दोनों चुप रहे। पता नहीं क्या सोच रहे थे हम दोनों। उस दिन चबूतरे पर पसरा सन्नाटा एकदम से याद आ गया जो बदन में गर्मी पैदा कर रहा था।

"उसके पापा का इन्तेक़ाल हो गया और उसकी दोनों बहनें अभी भी कुँवारी हैं। अब उनके यहाँ ट्यूशन के लिए भीड़ भी नहीं लगती।" लोमड़ी चाय पीते हुए ऐसे बोला जैसे वो मुँह से खौलती हुई चाय उलट रहा हो। मैं यह सब सुन चुप रहा और चुप।

"बड़ा बुरा हुआ यार उसके साथ, पुलिस में भर्ती होने वाला था लेकिन

आख़िरी इम्तिहान में फ़ेल हो गया आँख की वजह से। जिसके चलते वो फिर से गाड़ी की दुकान पर लग गया। जब-जब उसे देखता हूँ यार कुछ अजीब सा महसूस होता है दिल में। अपने साथ का बन्दा था यार लेकिन ..." इतना बोल लोमड़ी चुप हो गया। मैं कप को पकड़ा ही रह गया। मेरे सीने में मानो किसी ने हथोड़े से कील गाड़ दी हो जिसकी वजह से मुझे ना साँस लेते बन रहा था और ना ही छोड़ते। गुल्ली-डंडे वाला वाक़िआ मेरे सामने आ खड़ा हुआ। भीतर कुछ रिस रहा था। मानों किसी ने पके हुए घाव को कील गाड़ के फोड़ दिया हो जिसमें से ढेर सारा मवाद निकल रहा हो, नसों में ख़ून की जगह पीप बह रहा था। मुझे लगा जैसे मेरी बायीं आँख सूझ रही है जहाँ से ढेर सारा पस फट के बाहर निकलना चाहता है।

"अबे मक्खी गिर गयी कॉफ़ी में, कहाँ खो गया बे।" लोमड़ी ने मेरी आँख को फटने से बचाते हुए कहा।

"अरे ... छोड़ दुबारा मत बनवा लियो, अरे आंटी जी रहने दीजिये मैं वैसे भी निकलने वाला हूँ।" कह मैं कुर्सी से उठ खड़ा हुआ।

"अरे क्या हो गया एकदम से? रुक यार रात को जाइयो खाना खाकर अभी तो शाम भी नहीं हुई ढंग से। चड्डी और तुतले से मिलकर जाइयो दोनों पानवाले की दुकान पर मिलते हैं रोज़ रात को।" लोमड़ी ने मुझे रोकते हुए कहा।

"नहीं यार ऑफ़िस से मैसिज आया है जल्दी जाना होगा। फिर किसी दिन आऊँगा आज तो काम से आना हुआ था तो सोचा इधर भी हो लूँ। कुछ साल तो बाहर ही रहा इसी साल यहीं ट्राँसफ़र हुआ हूँ। तुम लोग आना कभी घर एक साथ बैठेंगे, तेरा फ़ोन नम्बर तो है ही अब, फ़ोन पर ख़बरें लेता रहूँगा। अभी चलता हूँ।" उठ दरवाज़े की ओर बढ़ते हुए मैंने लोमड़ी से कहा और आंटी जी को नमस्ते कह बाहर आ गया।

"अच्छा सुन बांदर की दुकान राम मंदिर सड़क पर है अशोक वेल्डिंग की दुकान के बग़ल में। मिल लियो उससे भी, अच्छा लगेगा उसे तुझे देखकर। फुटबॉल मत बोल दियो उसे लाने के लिए।" हँसी के साथ लोमड़ी ने कहा जैसे वो मेरे अंदर की बात को भाँप रहा था और मेरे बिना पूछे उसने दुकान का पता बता दिया।

"अच्छा... बिल्कुल ...." मैंने इतना ही बोला फ़ुटबॉल वाली बात पर मेरी हल्की-सी नक़ली हँसी आयी।

"ऑटो दिलवा देता हूँ?" लोमड़ी ने बाहर खम्बे के पास खड़े हुए बोला।

"नहीं यार बाहर बड़ी रोड से ले लूँगा, तू जा आराम कर।" पीछे मुड़ मैदान को देखा जो कि अब बड़ा-सा घर बन गया था और बांदर के घर को देखा जो सड़क ऊंची होने पर नीचे कहीं दबा-सा महसूस पड़ता था और दीवारें मानो अभी टूट के गिरेंगी। छज्जे पर एक लड़की कपड़े डालने आयी शायद उसकी छोटी बहन होगी। मैंने जल्दी से नज़रें घुमायीं और बड़ी सड़क पर पार्किंग में खड़ी गाड़ी में बैठ उस मुहल्ले से निकल गया। रास्ते में शायद उसकी दुकान पड़ी थी। मुझे पूरा तो यक़ीन नहीं लेकिन पीछे से बांदर ही दीख पड़ रहा था। लोमड़ी ने भी इसी सड़क पर बतायी थी दुकान। वो किसी लड़के को डाँट के कुछ काम करने के लिए कह रहा था। गाड़ी के शीशे में मैं उसकी आवाज़ नहीं सुन पाया और उसके मुड़ने से पहले मेरी गाड़ी आगे जा चुकी थी। मुझे कोई काम नहीं था। पार्क में बच्चों को फ़ुटबॉल खेलता देख दिल में बेचैनी-सी हुई और सोचा सबसे मिलूँ ख़ासकर अपने अघोषित दोस्त से। जो किसी के न होने पर भी मेरे साथ खेलता था। हम दोनों कई बार सड़ी धूप में बैट-बॉल तो कभी कंचे खेलते। उसने मुझे बताया था कि वो बड़ा होकर दौड़ करेगा नहीं तो पुलिस में जायेगा। जिस पर मैं यह सोचने लगता कि मुझे क्या बनना है? मैंने तो सोचा ही नहीं कभी और बांदर ने तो दो चीज़ें सोच लीं। वही ज़्यादा बातें ना करने वाला कभी भी घर में ना आने वाला बांदर या शायद मैंने ही उसे कभी नहीं बुलाया था घर पर ठीक से याद नहीं अब। वही बांदर, उसी के लिए तो ख़ासकर आया था। सोचा था कि अब तो उसे बता दूँगा सब कुछ लेकिन उसका घर देखते ही मेरी हिम्मत आधी हो गयी थी और लोमड़ी की बात सुनते ही कील गढ़ गयी थी सालों से पकते फोड़े में। मुझे समझ नहीं आ रहा था मैं किस पर गुस्सा करूँ, अपने ऊपर जिसने वो गुल्ली मारी थी। बांदर पर जो उस गुल्ली से बचा नहीं था। या अपने पापा पर। हाँ, पापा पर। मैंने उस दिन ज़ीने पर खड़े एक बात सुनी थी जिसे वो माँ को बता रहे थे; जिसके चलते वो घाव दिन-ब-दिन पकता जा रहा था। बांदर का डॉक्टर ने इलाज के लिए कहा था। जिसका खर्चा एक लाख के क़रीब था जिसकी वजह से उन्होंने डॉक्टर से यह कहा था कि "हॉस्पिटल दिखायेंगे, अभी अच्छी-सी दवाई

दे दो और इधर उन्होंने कहा था कि डरने की बात नहीं कुछ दिन की दवाई दी है आँख लाल होना बंद हो जायेगी।" पापा अगर सच बता देते तो इलाज का खर्चा उन्हीं के सर आता। जिसमें उनकी कोई ग़लती नहीं थी उसका भुगतान उन्हें करना पड़ता। कई बार मैंने इस बात को झूठ समझा या फिर आज भी समझता हूँ। उस दिन उन्होंने शायद ऐसा कुछ नहीं कहा था। डॉक्टर ने उसकी आँख कमज़ोर हो जाने या कम दिखने जैसी बात नहीं कही थी। उन्होंने दवाई दी थी जिसे पापा ने ख़रीद लिया था। मैं कई सालों तक यह ही तय नहीं कर पाया कि वो बात सही सुनी थी या ग़लत। मैंने कभी उससे उसकी आँख के बारे में नहीं पूछा था। उसी चौक पर गाड़ी खड़ी थी जहाँ बांदर और मेरा एक्सीडेंट होते-होते बचा था जब वो अपनी दुकान पर आयी महँगी बाइक की सवारी करवा रहा था। मेरे शरीर में ख़ून नहीं पस था। जो तेज़ी से बह रहा था। जो मेरे ही सालों से पके सुर्ख़ लाल और बैंगनी फोड़े का पस था या बांदर की आँख के पकने से निकला पस था, तय करना मुश्किल था।

३
डरना मना है

"डर" यह केवल एक शब्द नहीं बल्कि अपने आप में पूरी व्याख्या है। जो बचपन के भूत से लेकर मौत के यमराज तक का सफ़र तय करती है। बचपन में बच्चे को दूध पिलाने के लिए बोली गयी बात "बाबा आ जायेगा जल्दी दूध पी लो, बुलाऊ अभी बाबा को? बाबा ओ बाबा आजा देख ये दूध नहीं पी रहा है" महज़ एक बात कब उस बच्चे के ज़ेहन में एक काल्पनिक आकृति का रूप ले लेती है उनके माँ-बाप को पता ही नहीं चलता। फिर उसे निकालने के लिए वो कई प्रयास करते, लेकिन वो डर, वो नहीं जाता। इसका हर्जाना उन्हें ख़ुद ही भुगतना पड़ता। जब वो टी.वी. नामक वस्तु के सामने सुस्ता रहे होते और उनका कोई सामान दूसरे कमरे में होता जिसमें और कमरों के मुक़ाबले ज़्यादा अँधेरा बैठा रहता है। तो वो अपने बच्चे को वहाँ जाने को कहते लेकिन वो टस से मस न होता। उन्हें न चाहकर भी अपने कूल्हों को कष्ट देना पड़ता। इसी तरह रात में ऊपर वाली छत से अकेले नीचे जाना, रात को सुनसान गली से गुज़रना, घर पर अकेले रुकना इत्यादि कार्यों में भी बाबा के जन्मदाता को ही उसका हर्जाना भुगतना पड़ता। एक शब्द उनके बच्चों को कितनी मुश्किल में डाल सकता है, उन्हें इस बात का बिल्कुल भी अंदाज़ा नहीं होता।

कुछ इसी तरह से "चूहा" नाम के इस बच्चे में भी बाबा नाम की काल्पनिक आकृति पूरी तरह से अपनी जगह बना चुकी है, इतनी कि जितना ऊपर वाला भी बनाने में असशक्त है। उसका नाम चूहा क्यों है ये जान पाना काफ़ी मुश्किलात भरा काम है लेकिन हाँ एक बात से अंदाज़ा ज़रूर लगाया जा सकता है वो यह

है कि अपनी पैदाइश के एक फ़ोटो में वो बहुत ही दुबला-पतला सा दिखता है। जिसको देखते ही उसकी माँ हँस देती थी और आस-पास बैठे लोगों के सामने कह दिया करती थी कि "बिल्कुल चूहा दिखता है, चूहा" जिसके कारण ये बात बिजली से भी ज़्यादा तेज़ी से उसके परिचित लोगों में फैलने लगी और शायद उसी कारण से उसका नाम चूहा पड़ गया। लेकिन ये केवल मेरा एक अंदाज़ा भर है अस्ल बात क्या है ये तो भगवान ही जाने, नहीं मेरा मतलब है भूत ही जाने।

जैसे सर्दियों की दुपहरी में छत पर लेटे हुए आसमान को ताकने पर उसमें कुछ भी बना लेना बहुत आसान होता है, ठीक वैसे ही अँधेरे में कुछ भी बना लेना या बन जाना भी बहुत आसान होता है और ऊपर से अगर उसमें कुछ आवाज़ें जुड़ जायें तो वो आकृति एक असली रूप लेने लगती है लेकिन वो आकृति दिखती नहीं, मेरा मतलब दिखती है लेकिन दिखती नहीं। ये बात चूहा अच्छे-से समझता है, नहीं?

चूहा दो मंज़िल के घर में रहता है। ऊपर वाली मंज़िल में पूरा परिवार और नीचे वाले में कभी किरायेदार तो कभी ख़ाली। उसने एक बार बड़े लोगों से सुना कि नीचे जो पहले किरायेदार रहते थे उन्होंने इस घर में भूत देखा है। जिसे सुनकर उसकी हवा टाइट हो गयी। भूत घुटनों से थोड़े नीचे तक के काले जूते पहने था, कुछ-कुछ काले बूट्स जैसा। जिसकी वजह से वो बहुत कम ही नीचे वाले कमरे में जाया करता। लेकिन दिक़्क़त इस बात की थी कि जबसे वो कमरा ख़ाली हुआ था तब से उसके खेल का सारा सामान नीचे वाले कमरे में ही रखा जाने लगा। जब-जब वो अपना बैट-बॉल, चिड़ि-बल्ला, कंचे की बोतल या किसी और खेल के सामान को लेने जाता तब-तब उसका एक नये बाबा से सामना होता। नीचे वाला कमरा काफ़ी बड़ा है। अंदर एक लैट्रीन और ग़ुस्लख़ाना है जिसमें जाता कोई नहीं है और थोड़ी दूर हट के एक छोटी-सी रसोई भी है जिसमें कुछ स्लैब बने हुए हैं। बाहर हॉल जैसा एक कमरा है जो केले के गौदाम से कम नहीं लगता और जिसमें डेढ़ मंज़िल का घर आराम से बनाया जा सकता है। हॉल में कभी-कभार ही बत्ती जलती है। बाहर गेट के जंगले में से मतलब भर की रौशनी आ जाती है, बल्ब नहीं जलाना पड़ता। फिर जलाये भी कौन? मेरा मतलब कौन इतना वक़्त उस केले के गौदाम जैसे हॉल में बिताये कि पहले बत्ती जलाये, अपना सामान ले फिर बत्ती और दरवाज़ा बंद करे। अगर

ये काम किसी ऐसे शख़्स को करना हो जो बाबा नाम से परिचित हो तो उसे यह काम दो-तीन पलों में ही करना होगा, उसे तो दौड़कर जाना होगा और दौड़कर ऊपर वाले का नाम जपते हुए आना होगा। लेकिन हाँ अंदर रसोई या गुस्लख़ाने में दाख़िल होने के लिए बत्ती का जलाना बहुत ज़रूरी हो जाता है क्योंकि वहाँ बाहर की रौशनी नहीं पहुँच पाती और चूहे के लिए तो ख़ासकर क्योंकि साथ में वो मकड़ियों के जालों और कीड़ों से भी डरता है। तो बत्ती जलाना तो बेहद से भी बेहद ज़रूरी हो जाता है, रात को सोने से पहले किये जाने वाले पेशाब से भी ज़्यादा ज़रूरी। जिस वक़्त आप उस घुप अँधेरे वाले कमरे के रसोई घर, गुस्लख़ाने या पाख़ाने की तरफ़ रुख़ करें उस वक़्त अगर बिजली आ रही हो तो वो भी एक वरदान से कम नहीं और अगर ना आ रही हो तो फिर तो ...

वैसे उस घुप अँधेरे वाले कमरे में चूहा सिर्फ़ एक ही काम के लिए जाया करता है और वो है एक नीले रंग का जग। रसोई में धूल, कीड़ों और मकड़ियों के अलावा अगर वहाँ कुछ है तो वो है सिर्फ़ नीले रंग का जग जो तीसरे स्लैब पर रखा रहता है और जिसमें काजू, बादाम, पिस्ता, अखरोट और किशमिश है। इस जग को चूहे के पिता जी ने यहाँ रखा है। क्यों रखा है ये जान पाना चूहे के चूहे हो जाने से भी ज़्यादा मुश्किल है। वो तो बस एक बार चूहे ने चुपके से अपने पिता जी को देख लिया था उस नीले जग में से कुछ निकालते हुए, फिर क्या था हो गयी उसकी सही तरीक़े से जाँच-पड़ताल। इधर जा-उधर जा जेब में किशमिश, ये खेल-वो खेल जेब में किशमिश। जी किशमिश, उसे मेवे में किशमिश सबसे ज़्यादा पसंद है इसलिए वो दूसरी चीज़ों को कम ही हाथ लगाता है। हाँ मुँह का ज़ायक़ा बदलने के लिए कुछ काजू ज़रूर रख लिया करता है। चूहा मीठे का काफ़ी शौक़ीन है, सिर्फ़ किशमिश ही नहीं और भी बहुत सी ऐसी मीठी चीज़ें हैं जैसे मुल्ला जी के पेड़े, राम विलास की गुजियाँ और रबड़ी, शंकर की दही जलेबी, अग्रवाल की इमरती और काजू कतली, चौक का छैना, घेवर, पेठा और भी न जाने क्या-क्या। उसकी मनपसन्द चीज़ें लिखने बैठूँ तो रात हो जायेगी लेकिन चूहे की लम्बी फ़ेहरिस्त ख़त्म नहीं होगी। शायद एक वजह ये भी रही होगी उसका चूहा बन जाने की, शायद।

एक दिन जब वो खेल-कूद से लड़कर नीचे हॉल में मुँह मीठा करने पहुँचा तो हर बार की तरह रसोई की पहली स्लैब पर चढ़कर पँजों के बल तीसरे स्लैब

पर रखे जग में हाथ डाल किशमिश को काजू, बादाम, अखरोट और पिस्ता से अलग करने में मशग़ूल हो गया। आज घर की लाइट गयी हुई थी लेकिन किशमिश खाने की ऐसी मदहोशी थी कि वो उस वक़्त के लिए डर को भूलने का नाटक करने लगा था। वहीं उसे किशमिश को जल्दी से अपनी हथेली में इकट्ठा करने में और दिनों के मुक़ाबले कुछ ज़्यादा देर लग रही थी क्योंकि डर के मारे बार-बार किशमिश चूहे के चंगुल से निकलकर जग में वापस गोते खा रही थी। चूहा टेढ़ी-मेढ़ी शक्ल बना कर किशमिश निकाल ही रहा था कि तभी उसकी नज़र लैट्रीन और ग़ुस्लख़ाने के बाहर की जगह पर पड़ी जहाँ मरी हुई बिल्ली पड़ी थी। जी हाँ! एक मरी हुई बिल्ली, असली की, ये कोई फ़िल्म नहीं थी, ये उसका घर था जहाँ उसके आँखों के सामने एक सच्ची की मरी हुई बिल्ली थी जिसे देख उसका रंग सफ़ेद हो गया, सौ चाँटे मारो तब भी पूरा शरीर कहीं से लाल ना हो, इतना सफ़ेद। एक पैर नीचे दूसरा उधर ले सरपट, भाड़ में जाये किशमिश, हनुमान चालीसा और अल्हम्दु पढ़ता हुआ भागा। उसे समझ नहीं आ रहा था कि ये जो अभी कुछ देर पहले उसने किसी चीज़ के मुँह पर मक्खी भिनकते हुए दाँत निकले हुए, चमकती आँखों के साथ लेटे हुए देखा वो कौन था और वो वहाँ कैसे? आया या आयी। एक पल के लिए तो उसे लगा था कि बिल्ली लेटी हुई अपनी कंजी चमकती आँखों से उसे देख रही है लेकिन जब उसने उसके मुँह पर मक्खियाँ भिनकती देखी तो फिर तो, फिर तो उसकी साँस ही अटक गयी। क्योंकि इससे पहले उसने कभी भी मरी हुई बिल्ली नहीं देखी थी सिवाय भूतों वाली फ़िल्मों के। और शायद आपने भी कभी मरी हुई बिल्ली नहीं देखी होगी और अपने घर में तो बिल्कुल भी नहीं। लेकिन चूहा ये सब कुछ देख चुका था और वो भी अपनी नन्ही आँखों से।

अब तक जो बाबा सिर्फ़ अनदेखी आकृति लिये घूमता था अब उसने आकार लेना और ख़ून करना भी शुरू कर दिया था और शायद ख़ून चूसना भी क्योंकि उसे बिल्ली के आस-पास कहीं भी ख़ून नज़र नहीं आया था। रौशनी न होने की वजह से वो उसका सही तरह से रंग भी नहीं देख पाया था शायद कुछ सफ़ेद और कुछ-कुछ भूरे और काले रंग के बीच का कुछ था। इससे पहले शायद ही चूहे ने मरी हुई बिल्ली देखी थी। अब उसकी ज़िन्दगी में सबसे ख़तरनाक कोई चीज़ थी तो वो थी मरी हुई बिल्ली। क्योंकि टीवी के भूत वाले नाटकों में भी सबसे ख़तरनाक मरी हुई बिल्ली का होना ही माना जाता और

अब फ़िल्मों में भी ऐसा माना जाने लगा था। उसे लगा शायद जिसे वो अब तक भूत समझे बैठा था वो अस्ल में कोई चुड़ैल या डायन है जैसा कि उसने 10 बजे वाले नाटक में देखा था कि चुड़ैल की सबसे बड़ी निशानी उसके उलटे पैर और बिल्ली को मारकर कच्चा खाना था। लेकिन बिल्ली तो साबुत थी? शायद किसी के आने की आवाज़ सुनकर वो भाग गयी होगी? कहीं वो मैं तो नहीं था? और जब मैं स्लैब पर चढ़कर किशमिश निकाल रहा था तो वो मुझे लैट्रीन के गेट से आधा मुँह निकाले देख तो नहीं रही थी? अगर ऐसा है तो फिर तो मैं गया, उसने मुझे पहचान लिया होगा और फिर मैंने उसके खाने में ख़लल भी तो डाल दी ये सब सोचते हुए चूहा ऊपर दौड़ता हुआ जा रहा था। उसने अपनी माँ को ये बात बतायी और माँ ने पापा को। उस दिन इतवार था इसलिए पिता जी घर पर ही थे। ना जाने क्यों वो इतनी बड़ी बात कहने सीधा अपने पिता जी के पास नहीं गया। लेकिन हाँ इतना ज़रूर पता है कि वो उनसे बहुत कम बात करता है। चूहे के घर वाले सोच रहे थे कि आख़िर ये बिल्ली मरी कैसे? और यहाँ कैसे आयी? सब अपनी नाक सिकोड़े अलग-अलग अंदाज़ें लगा रहे थे लेकिन चूहा बाहर चबूतरे पर बैठा बिल्ली की लाश के आने का इंतज़ार कर रहा था कि कब वो जल्द से जल्द निकाली जाये। और इधर चूहे के माँ-पापा में बहस चल रही थी कि कौन इस मरी हुई बिल्ली को निकाले। वैसे वो बहस फ़िज़ूल थी क्योंकि जब कभी घर में कोई चूहा या छूछूंदर मर जाता तो उसे चूहे के पिता जी बिल्कुल भी नहीं निकालते। तो बिल्ली को निकालने का तो कोई सवाल ही नहीं लेकिन फिर भी चूहे की माँ थोड़े प्रयास में थी कि शायद कुछ बात बन जाये। चूहे की माँ को बिल्ली से डर नहीं था, उसकी बदबू से घिन थी जिसकी वजह से वो भी हिचक रही थीं लेकिन अंत में उन्हीं को ये काम करना पड़ा। बिल्ली की लाश को सामने वाले प्लाट में फेंका गया जिसमें पूरे मुहल्ले का कूड़ा जमा होता है। अब चूहे के मन में एक और गाँठ लग गयी थी मतलब पुख़्ता हो गयी थी कि अब तक वो जिसे मात्र काल्पनिक बाबा समझता था वो अब सार्वजनिक रूप लेने लगा है। वो किरायेदार और बड़े लोगों की बातें सच हो चली थी। अब उसे दो निशानियाँ मिल चुकी थीं- एक काले बड़े-बड़े जूते वाले आदमी का घर में आकर ग़ायब हो जाना और दूसरा मरी हुई बिल्ली। अब उसे एक और निशानी की तलाश थी। तीन के होते ही वो अपनी खोज शुरू कर सकता है। क्योंकि बिना तीन सबूत मिले वो अपनी खोज वाला काम नहीं शुरू कर सकता। आख़िर ऐसा क्यों है यह तो

चूहा और उसके भूतों वाले नाटक ही बता पायेंगे। चूहा अब सावधान हो चुका था, एकदम चौकन्ना बिल्कुल जंगली कबूतर की तरह। उसने अब अपना सारा खेल का सामान भी ऊपर वाली मंज़िल पर रख लिया था, उसे बार-बार सीढ़ियाँ चढ़ना-उतरना मंज़ूर था लेकिन उस केले के गोदाम जैसे हॉल में जाना हरगिज़ मंज़ूर नहीं था। उसके सपनों में कई बार वो बिल्ली आयी जिसके आते ही उसकी सिट्टी-पिट्टी गुल हो जाती और वो नींद में कुछ न कुछ बड़बड़ाने लगता। चूहे ने उस कमरे में जाना तो बंद कर दिया था लेकिन उस कमरे ने चूहे के दिमाग़ में आना बिल्कुल भी बंद नहीं करा था।

कुछ महीनों बाद चूहे के घर वालों ने अपना सारा सामान नीचे ग्राउंड फ़्लोर पर कर लिया। वह समय चूहे के लिए ऐसा था मानो जैसे एक बेगुनाह इंसान को जेल में डाल दिया हो और वो भी बिना जुर्म बताये। एक-एक रात और दिन को गटक-गटक के निगल रहा था। वैसे उसे दिन से कोई ख़ास परेशानी नहीं थी। थी तो रात से जब भगवान सो जाते हैं और दुनिया के राक्षस दिन की नींद लेकर अपने कार्यों में जुट जाते हैं। इसलिए 12 बजे के बाद जागना मना है। उन रातों की चिंता में चूहा और भी चूहा होता जा रहा था। उसका दिल करा कि वो सबको सब कुछ बता दे लेकिन फिर उसे ख़याल आया कि कौन उसकी बात पर विश्वास करेगा? वो चाहता था कि साफ़-साफ़ कह दे कि मुझे यहाँ नहीं रहना मैं ऊपर वाले कमरे में ही रहूँगा। लेकिन वो अकेला ऊपर भी कैसे रहे? क्योंकि जहाँ जन्मदाता वहीं बच्चों को रास आता।

अब रातें पहले वाली रातों से कुछ ज़्यादा लम्बी होने लगी थीं। कुत्तों का भौंकना और भेड़िये की तरह आऊ-आऊ करना भी बढ़ गया था और दस गली छोड़कर जिस जानवर की आवाज़ आती थी वो कुछ धीमे-धीमे बढ़ने लगी थी। झींगुर का टिर्र-टिर्र करना भी कानों में चुभने लगा था। उसने बिल्ली वाली वारदात के बाद से भूत वाले नाटक तो देखने बंद कर दिये थे लेकिन स्कूल में उसके दोस्त उसे पूरी कड़ी ना चाहते हुए भी सुना देते लेकिन अंत को छोड़कर। क्योंकि शायद अंत के वक़्त उनको पेशाब लग आया होगा या टी.वी. खुला छोड़कर चुपके से माँ या बाप के बग़ल में सो गये होंगे या फिर उन्हें ख़ुद-ब-ख़ुद नींद आ गयी होगी नहीं तो घर वालों ने उन्हें सोने भेज दिया होगा। इसी कारण हर बार वो क्लाइमैक्स को काल्पनिक वाली प्रक्रिया पर छोड़ देते जो कि असली

अंत से भी ज़्यादा ख़तरनाक होती। साथ ही उसने अपने दोस्तों और फ़िल्मों से कुछ महत्वपूर्ण बातें सीख लीं थीं और वो उसके लिए अब ज़रूरी भी थीं। जैसे 786, ॐ का ताबीज़, अल्हम्दु या हनुमान चालीसा का जाप, चन्दन की लकड़ी, क्रॉस, प्याज़, लहसुन जैसी चीज़ों का इस्तेमाल करना। 12 बजे से पहले सोना। जब भूत तुम्हें बुलाये तो पीछे मुड़कर नहीं देखना, वरना तुम गये, कहाँ गये? पता नहीं बस तुम गये, ऐसा उसके दोस्त ने कहा है। भूत को देखने पर चिल्लाना नहीं, दौड़ना नहीं, भूत तुम्हें किसी बच्चे या बूढ़े की आवाज़ में बुलाये तो भी नहीं सुनना या किसी ख़ूबसूरत लड़की की आवाज़ में तुम्हारा नाम बोले तब भी नहीं मुड़ना है इत्यादि जैसे हथकंडे उसने सीख लिये थे और अब उन 2 पैसे के नाटकों को भी चूहे ने फिर से थोड़ा-थोड़ा देखना शुरू कर दिया था यह जानने के लिए कि कैसे उसमें वो लोग अपनी जान उस भूत या चुड़ैल से बचाते हैं। इन कुछ हथकंडो से भूत का उसे छू पाना थोड़ा मुश्किल हो जायेगा ऐसा चूहा सोच रहा था।

और फिर एक दिन चूहे के साथ कुछ ऐसा हुआ जिसकी उसे बिल्कुल भी उम्मीद नहीं थी। वो कहते हैं ना जब किसी चीज़ को कहीं छुपाना हो तो उसे ऐसी जगह छुपाओ जहाँ सबकी नज़र पड़ती हो लेकिन फिर भी न पड़ती हो। एक दिन जब वो ऊपर वाली मंज़िल के वॉशबेसिन में हाथ धो रहा था तो वो शीशे में देखता है कि उसे उसके पापा दिख रहे हैं और कुछ देर बाद ही उसे उस शीशे में अपने पापा के कई सारे हमशक्ल दिखने लगते हैं। कोई छोटा तो कोई बड़ा, कोई लम्बा तो कोई मोटा जिसे देखकर उसका रंग सफ़ेद हो गया, 100 चाँटें मारो तो भी कहीं से लाल न हो वाला सफ़ेद और वो चाहकर भी पीछे नहीं मुड़ सकता क्योंकि अगर वो मुड़ा तो समझो... वो धीरे से अपने हाथ को गर्दन के पास ले जाता है और 786-ॐ के ताबीज़ को छूने की कोशिश करता है बिना हिले। लेकिन वो ताबीज़ तो शायद वहीं छूट गया था जहाँ अम्मी ने उसे नहलाते वक्त रख दिया था। अब वो क्या करे? मन ही मन अल्हम्दु का जाप शुरू कर दिया और इतने सारे पापा में से असली पापा को ढूँढ़ने की मशक्कत करने लगा क्योंकि अगर उसने असली वाले पापा का चयन कर लिया तो वो उसे बचा लेंगे लेकिन वो कैसे पहचाने? यहाँ तो किसी के मस्सा, तिल या मूँछें भी नहीं हैं हिंदी फ़िल्मों की तरह जिससे वो आसानी से पहचान ले। वो निरंतर रूप से सिर्फ़ शीशे में ही देखे जा रहा था और शीशे में से अपने अलग-अलग रूप के पापाओं को।

वो तो एक पापा से ही बात नहीं कर पाता था तो इतने पापा से कैसे करेगा? कौन-से पापा अच्छे होंगे और कौन-से नहीं, इसी सोच में डूबा हुआ था कि तभी वो एकदम से हिलने लगा और साथ में शीशा भी। सारे पापा हिल-हिलकर आपस में मिलते जा रहे थे और एक-एक कर के कम होते जा रहे थे।

"कमबख़्त मारे स्कूल नहीं जाना? 7 बज गये, नहायेगा कौन तुम्हारे अब्बा?"

"हम्म?" (भोचक्का होकर उठ जाता है और पापा को ढूँढ़ने लगता है कीचड़ भरी आँखों से)

उसकी नज़र जूतों की रेक पर पड़ी तो उसे अपनी आँखों से कीचड़ निकालने की ज़रूरत महसूस नहीं हुई और सीधा लैट्रीन में घुस गया क्योंकि पापा फ़ैक्ट्री जा चुके थे। यह सपना और सपनों की तरह नहीं था जिसे वो अपने दोस्तों या भाइयों को बता सके क्योंकि इस बार भूत ख़ुद उसके पापा बनकर आये थे, ये कोई आम बात नहीं थी। आमतौर पर आने वाले सपनों में अचानक वो अँधेरा कोई आकृति ले लेता। लेकिन ये कुछ ऐसा था जिसकी उसे अभी उम्मीद भी नहीं थी। वो तीसरी निशानी के इंतज़ार में था जिसको पाते ही वो अपनी खोज शुरू कर सकता था लेकिन अब तो खोजबीन का रास्ता ही नहीं था क्योंकि सारे ख़ाने चित हो गये थे छोटे, मोटे, लम्बे जैसे पापाओं से।

चूहे के दिन इसी बात को राज़ रखने और इस राज़ को जानने में बीतने लगे कि आख़िर उसके सपने में उसके पापा इतने ढेर सारे पापा बनकर क्यों आये। वो चाहकर भी यक़ीन नहीं कर पा रहा था कि उसके पापा भूत हैं या भूत बन गये हैं या उनके अंदर भूत घुस गया है। वही तो थे जो भूत से हम सबको बचाते लेकिन यहाँ तो सारा खेल ही उल्टा पड़ गया था। इसी जद्दोजहद में चूहे के दिन बीतने लगे। और एक दिन उसने अपने पापा को अम्मी से बातें करते सुना। वो बोल रहे थे कि "इस घर में अच्छे भूत हैं जो हमें कुछ कहते नहीं हैं" यह सुनकर चूहे को लगा कि पापा में यक़ीनन भूत घुस गया है जो माँ को विश्वास दिला रहा है कि उसके बाक़ी साथी अच्छे हैं और वो बार-बार यहाँ कुरान-ख़्वानी या पूजा-पाठ ना करवाये" उस एक लाइन को सुनने के बाद चूहे को अब पूरी तरह से वो आकृति दिखने लगी थी जिसकी वजह से उसका डर अब कहीं खोने लगा था।

चूहा आम दिनों की तरह इस दिन भी गेंद से खेल रहा था और एकदम से दीवार से कोई शख़्स निकलकर आता है। वो उसे देखकर ज़्यादा हैरान नहीं होता क्योंकि ये सब उसके लिए अब रोज़ की बात थी। कभी वो फ़र्श पर लेटा हुआ होता और छत में से एक बच्चा भूत उसे झाँक कर देख रहा होता तो कभी उनका पूरा परिवार कोने मे खड़े होकर चूहे के परिवार को देख रहा होता। तो कभी उन भूतबच्चों की माँ चूहे की माँ को रसोई में खाना बनाते हुए देख रही होती। अब उसके लिए सपने और हक़ीक़त में तुलना करना बहुत मुश्किल हो गया था। कब वो सपना देख रहा है और कब वो हक़ीक़त, ये जानना दिन-ब-दिन कठिन होने लगा।

वो शख़्स दीवार से निकलते हुए उसकी गेंद उठाने जा ही रहा था कि इतने में चूहा गेंद पर लपका और खेलने में मसरूफ़ हो गया जैसे कि अपने आप को ही बेवक़ूफ़ बना रहा हो कि उसे कुछ दिखायी नहीं दे रहा है। क्योंकि आज वो भूत उससे बात करने की फ़िराक़ में है और चूहा ये बात जान चुका था क्योंकि वह कई दिनों से इस दिन को टाल रहा था। चूहे ने झट से भूत से सवाल पूछ डाला ताकि वो इसका रोज़ पीछा न करे और बात करने के बहाने न ढूँढ़े।

"आप यहाँ क्यूँ रहते हो?"

"तुम यहाँ क्यूँ रहते हो?"

"अरे, पहले मैंने पूछा, पहले आप जवाब दो।"

"पहले पूछ लेने से वो सवाल तुम्हारा नहीं हो गया।

क्या?"

"कुछ नहीं।"

"यह आपके बच्चे हैं? और यह आपकी बीवी?"

(भूत के बीवी और बच्चे चुपचाप पीछे खड़े थे जैसे उनके पापा किसी से बहुत ज़रूरी बात कर रहें हों)

भूत ने हाँ में जवाब दिया।

"लेकिन पहले तो सिर्फ़ आप दिखते थे और अब आपने सबको यहाँ बुला लिया है, क्यों?"

"यह सब पहले से यही रहतें हैं। तुम्हारी देखने की शक्ति बढ़ गयी है बस।"

हा हा हा … (चूहा पेट पर हाथ रखकर बेताहाशा हँसने लगता है फिर तभी कुछ सोचकर एकदम चुप हो जाता है)।

"आपने जवाब नहीं दिया?"

"तुमने भी कहाँ दिया?"

"अरे मेरे बाप, मैं शुरू से यहीं रहता हूँ।"

"मैं भी शुरू से यहीं रहता हूँ।"

"कितना शुरू?"

"तुम्हारे शुरू से भी शुरू।"

"लेकिन यहाँ तो हम लोग रह रहे हैं जबसे ये घर बना है। इससे पहले यह सिर्फ़ ज़मीन थी। तो फिर तुम कैसे यहाँ रह सकते हो? शुरू से भी शुरू?" (चूहा कुछ देर सोच झट से बोलता है)

चूहे ने भूत के चारों ख़ाने चित कर दिये दिये थे। भूत को बिल्कुल भी अंदाज़ा नहीं था कि ये चूहे भर का बच्चा इतनी कड़ी चाल चलेगा कि उसका वज़ीर चूहे के प्यादे से मारा जायेगा।

"तो हम उससे भी पहले से रहते हैं", भूत ने खीजते हुए कहा।

"क्यों बेवक़ूफ़ बना रहे हो भूत अंकल यहाँ तो केवल बंजर ज़मीन थी। क्या उसमें रहते थे?"

"हाँ! उसी में, यहाँ पहले क़ब्रिस्तान था छोटा-सा।"

(अब चूहे के माथे पर पसीने की बूँदें आने लगती हैं और उसका राजा ख़तरे में आ जाता है)

"लेकिन भूत तो क़ब्र में रहते ही नहीं हैं। वो तो आज़ाद होते हैं। क़ब्र में तो

मरे हुए लोग सोते हैं।”

(भूत को लगा इससे जीतना वाक़ई टेढ़ी खीर है। इसके सवाल कभी ख़त्म नहीं होंगे और फिर कुछ ऐसे सवालों से वो पहले से परिचित था अपने बच्चों की वजह से। इसलिए उसको सही-सही जवाब देना ही मुनासिब लगा)

“तुम सवाल बहुत करते हो। देखो हो सकता हम घर भूल गये हों क्योंकि यहाँ सबके घर, शक्लें, परेशानियाँ एक जैसी ही दिखायी पड़ती हैं, इसी वजह से हम अपना घर समझकर यहाँ आ गये और कुछ सालों से यहाँ रह रहे हैं। तुम हमें यहाँ अपने घरों की दीवारों, ज़ीने के नीचे मोटर वाली जगह, अँधेरे वाले कोने, बेड के नीचे-पीछे, ख़ाली संदूक़ और लैट्रीन की छत में बस थोड़ी-सी जगह दे दो, हम उसी में ख़ुश रह लेंगे। कुछ भी चू-चा नहीं करेंगे जैसे अब तक नहीं करा है और तुम भी मत करना।”

“तो आप पहले कहाँ रहते थे? ” चूहे ने दाँत बाहर निकाल कर पूछा।

“यह एक लम्बी कहानी है और फिर तुम इतने बड़े भी नहीं हो कि समझ सको बस इतना समझ लो कि कुछ लोगों ने हमारा घर हमें मारकर हथिया लिया। अब ये ना पूछना वो कौन लोग थे।”

“हम्म ..., वो सब तो सही है लेकिन तुम मेरे पापा के अन्दर क्यों घुस जाते हो? तुमने बिल्ली क्यों मारी? और वो हमारे पुराने किरायेदार को क्यों डराया?”

“क्या?” भूत ने माथे पर शिकन डाले हुए कहा।

“हाँ!” चूहे ने मासूमियत से कहा।

भूत और उसका परिवार वापस से दीवार में घुसकर ग़ायब होने लगे घूम-घूमकर बिल्कुल उसके ढेर सारे पापाओं की तरह और चूहा, चूहे-सी शक्ल बनाकर वहीं खड़ा रहा अपने जवाब के लिए लेकिन उसे कोई उत्तर नहीं मिला। भूत ने ऐसी शक्लें बनायीं जैसे कि अब चूहा समझदार बच्चे से एकदम बेवक़ूफ़ बच्चा बन गया हो और न जाने क्या उल्ट-सुल्ट पूछ रहा हो। जिससे उसका और उसके परिवार का कोई ताल्लुक़ न हो।

“अरे जवाब तो देते जाओ मेरे पापा में क्यों घुसे आप? बिल्ली क्यों मारी?

और किरायेदार को क्यूँ डराया? बताओ तो? बताओ?" चूहा अपने प्रश्नों को दोहराता रह गया अपने दो बड़े दाँतों के साथ और भूत का परिवार गोल-गोल घूमता हुआ एक भूत में तब्दील हो दीवार में कहीं ओझल होने लगा।

४
काले अक्षर भैंस बराबर

"आश्चर्य" ये शब्द अपने आप में ही कितना आश्चर्यपूर्ण है। आदम का हव्वा को देखने पर आश्चर्य, हव्वा का आदम को देखने पर। मुर्ग़ी का अंडे को देखने पर, अंडे का मुर्ग़ी को मेरा मतलब है चूज़े का मुर्ग़ी को देखने पर। बच्चे का पहली बार आँख खोलने का आश्चर्य, माँ को उसके देखने का आश्चर्य। इन सब आश्चर्यों में से एक आश्चर्य ये भी है कि मैं आज लिख रहा हूँ। हाँ! यह बिल्कुल एक सपने की तरह है जिसका वास्तविक रूप में आना नामुमकिन-सा लगता था मतलब है। मेरा नाम "याद" है। ये मेरा नाम है। हाँ! ये ही है। अब जैसा भी है यही है।

मेरा मन कभी भी पढ़ाई में नहीं लगा या यूँ कहें कि मैं ज़्यादा पढ़ना नहीं चाहता था। पढ़ाई कभी भी मुझ पर हावी नहीं हुई और न ही मैं पढ़ाई पर। हम दोनों एक दूसरे को समझते थे। जितना एक संतुलित रिश्ते को बनाये रखने के लिए भावनाओं की ज़रूरत होती है, उतनी हम दोनों में थी। मानो दिया और बाती हों हम। अक्सर मैडम अम्मी से कहा करती, अगर ये चाहे तो अच्छे से पढ़ सकता है। यह सुनकर मुझे ख़ुशी होती, पता नहीं क्यों पर होती। मेरे परीक्षा में नंबर भी औसतन आ जाते। जब कभी ज़्यादा खेल में मस्त होता तो उसका सीधा असर मेरे नीले कलर के रिपोर्ट कार्ड जो कि डॉक्टर की रिपोर्ट की तरह लगती, उस पर पड़ता।

अम्मी और मैं बाहर बेंच पर बैठे हैं। अंदर प्रिंसिपल मैडम के रूम में मेरे दिमाग़ का इलाज चल रहा है। जिससे अम्मी की काफ़ी उम्मीदें लगी हुई हैं।

मेरी क्लास टीचर आधा केबिन से बाहर आकर अम्मी को अंदर आने का इशारा करती हैं। अम्मी मुझे एक नज़र देखकर, अपने बटुए को सीधे हाथ में रखते हुए उसे थोड़ा-सा जकड़ लेती हैं और आई. सी. यू. की ओर कूच करती हैं। आई. सी. यू. में मेरे दिमाग़ के इलाज का पैसा जमा करवा देती हैं। पैसे जमा करते ही मेरे दिमाग़ का इलाज हो जाता है बिल्कुल एक चमत्कार की तरह जैसे बीच वाली उँगली के बायें तरफ़ वाली उँगली कब दायें ओर आ जाती पता ही नहीं चलता था ठीक वैसे ही कुछ पलों में अम्मी के बटुए से निकली चीज़ कब इलाज की रिपोर्ट में तब्दील हो गयी पता ही नहीं चला। प्रिंसिपल मैडम एक पेशेवर डॉक्टर की तरह उस रिपोर्ट पर अपने हस्ताक्षर करती हैं। जिसका रंग ज़्यादातर हरा और नीले रंग के बीच का होता। ऐसा रंग साल में तीन बार ही देखने को मिलता है। क्लास टीचर एक अच्छी नर्स की तरह हल्की मुस्कान और कुछ मेरे दिमाग़ की कमियों को याद करते हुए भाव को लेकर अम्मी के साथ बाहर आती हैं।

मैं ऑफ़िस से थोड़ा दूर बैठा हूँ इतना कि उनकी बातें नहीं सुन सकता या यूँ कहें कि सुनना नहीं चाहता। मैं दोनों के वार्तालाप को बड़े ग़ौर से देख रहा हूँ और अपने हलक़ की नली में अटके हुए थूक को बार-बार अन्दर कर रहा हूँ। अम्मी हल्की-सी आँखें भींचकर मेरी तरफ़ देखती हैं मानो उन्होंने मेरी कोई नब्ज़ पकड़ ली हो। फिर दोनों मेरे पास आते हैं। नर्स मेरी तरफ़ देखकर एक अच्छी मुस्कान के साथ कुछ-कुछ अच्छी-सी दिखने वाली तारीफ़ करती हैं जो मुझे तारीफ़ जैसी लगती नहीं। फिर नर्स के आख़िरी हस्ताक्षर। जैसे दस बार राशन कार्ड के लिए लगाये गये चक्कर आज सफल हो रहें हों जिसके लिए साल भर रोज़ आकर दिमाग़ लड़ाया था उन काले अक्षरों से। राशन कार्ड बस मिलने ही वाला है। मैं थोड़ा उचक कर उसे पढ़ने की कोशिश करता हूँ। कुछ अच्छा-सा लिखा है। एक छोटी-सी मुस्कान के साथ एड़ियों को वापस ज़मीन से टिका लेता हूँ। अम्मी पीली मोमिया में सलीक़े से उस इलाज की रिपोर्ट को डालती हैं। बिल्कुल वैसे ही जैसे एक मुर्दे को उसकी क़ब्र में लिटाया जाता है, एहतियात और सुकून से। मैं अम्मी का हाथ पकड़कर चलने लगता हूँ। दोनों बिना बात किये घर आ जाते हैं।

पूरे रास्ते मैं अपने दोस्तों की रिपोर्टों के बारे में सोच रहा था। किसे कौन-सी रिपोर्ट मिली होगी। किसी को पागल क़रार तो नहीं कर दिया होगा? ऐसे मैंने

बहुत बच्चे देखे थे जिन्हें वो केबिन पागल क़रार दिया करता है। तो किसी को आइन्स्टाइन या आर्यभट। उनमें से कोई मिला क्यों नहीं हॉस्पिटल में? यही सोचते-सोचते मैं घर आ गया।

घर में घुसते ही सबसे पहले पेशाब के लिए गया ताकि होनी को टाला जा सके। अपने आप से थोड़ी बातें करके फिर बाहर आकर उस पीले रंग की दिखने वाली चीज़ में हाथ डालकर अपने इलाज की रिपोर्ट (रिपोर्ट-कार्ड) निकालता हूँ जिसका रंग हरे और नीले रंग के बीच का है। उसे खोलकर देखता हूँ कि उसमें कहीं भी लाल रंग के क़लम का उपयोग नहीं हुआ है जो कि मेरे लिए एक ख़ुशी की बात है। लेकिन ये क्या इतिहास के निचले भाग से भी निचले, बिल्कुल आख़िरी वाले खाने में कुछ अंग्रेज़ी मे लिखा है "कीप डूइंग हार्डवर्क"। दायें तरफ़ बड़े-बड़े शब्दों में "गुड" भी लिखा है। जिसपर मैं बार-बार अपनी उँगलियों को फेरता हूँ। सबसे ज़्यादा मैथ्स, हिंदी और ड्रॉइंग मे नंबर आये हैं; जैसा अक्सर होता है। फिर झट से पुरानी इलाज की रिपोर्टों को निकालकर अपने दिमाग़ की तुलना करने बैठ जाता हूँ कि कब मेरे दिमाग़ का सही इलाज हुआ और कब गड़बड़ हुई। इतने में अम्मी आती हैं, नर्स की कुछ बाते मन में लिए।

"पढ़ाई में मन क्यों नहीं लगाते?" चेहरे पर हल्की-सी शिकन डालते हुए अम्मी ने कहा।

"हैं? मुझे तो गुड मिला है", मैं मन में सोचता हूँ।

"मैडम बोल रहीं थी कि ये अगर चाहे तो अच्छे नंबर ला सकता है ..." डाँट और स्नेह के बीच का भाव लिये अम्मी कहती हैं-

"हम्म्म ...!" गर्दन झुकाये रिपोर्ट-कार्ड को देखने लगता हूँ मैं।

"कब तक सिर्फ़ डिवीज़न ही लाते रहोगे? कभी 1st, 2nd भी आकर दिखाओ।" भवों को ऊपर चढ़ाकर अम्मी बोलती हैं।

"जी, लेकिन 3rd क्लास में एक बार 3rd आया तो था" मन में कहता हूँ मैं...

"हमारे तो दोनों बच्चे नालायक़ हैं। एक का भी मन पढ़ाई में नहीं लगता। कंचे-पतंगों, वीडियो-गेम, खेल-कूद से फुर्सत मिले तब लगे मन पढ़ाई में।"

आख़िरी वार करते हुए अम्मी कह कर उठ खड़ी होती हैं।

मैं "साँप सूँघ गया हो" जैसे बैठा रहता हूँ, पूरी क्लास जब तक ख़त्म नहीं होती तब तक वहाँ से हिलता नहीं हूँ। चुआंका भी नहीं मारा। पेशाब जाने वाला बहाना भी वहाँ काम नहीं आता। और खाने का वक़्त होने से क्लास जल्दी ख़त्म हो जाती और माँ कहतीं "अच्छा जाओ हाथ धो लो खाना लगाते हैं" मैं झट से हाथ धो कर दस्तरख़्वान पर खाना लगाने लगता।

मेरी दिलचस्पी गणित मे ज़्यादा है। बिल्कुल सरल और सुलझी हुई। बस एक बार फ़ॉर्मूला याद कर लिया फिर कोई रट्टा-बाज़ी नहीं।

इतिहास में इतिहास तो पता था परन्तु वो कब इतिहास की शक्ल ले लेता था वो दिन, तारीख़ याद नहीं होती। बहुत-सी चीज़ें ऐसी भी हैं जो याद करना चाहता हूँ लेकिन होती नहीं। जैसे पौने और सवा, लोगों के नाम, जगह, चीज़ों के नाम इत्यादि। इसके लिए मैंने दूसरा तरीक़ा निकाला है वो है "नाम-बदलू"। हाँ, उस चीज़ को उस नाम से न याद करना किसी और नाम से जैसे पौने मतलब प, प मतलब पहले, पहले का पर्यायवाची आगे, आगे का उल्टा पीछे। आप सोच रहे होंगे कि मैं सीधा प से पीछे भी तो याद कर सकता हूँ। इतनी आसानी से सारे कार्ड मेरे दिमाग़ के ए.टी.एम. में इन्सर्ट होने लगते तो फिर बात ही क्या थी। हाँ तो पीछे मतलब सुई हुई बारह से चौदह मिनट पीछे यानी नौ पर। लोगों के नाम याद करने के लिए उन्हीं के नाम का कोई शख़्स अपनी ज़िन्दगी से खगोड़ने लगता हूँ, अगर कभी उसी नाम का कोई दूसरा नहीं मिलता है तो उसे एक नया नाम दे देता हूँ दिमाग़ में।

भूगोल, इसे याद करना वाक़ई एक कठिन कार्य होता। पेड़ में अटकी पतंग की तरह जिसे न चाहकर भी तोड़ना पड़ता सिर्फ़ इस चाह में कि शायद पतंग नीचे गिर जायेगी और आंटी से जाकर माँग लूँगा। लेकिन वो कभी गिरती ही नहीं, बड़ी ढीट होती है। ठीक वैसे ही यह नदियों, राज्यों, शहरों के नाम भी ढीट हैं। जो मस्तिष्क के किसी भी कोने में नहीं बैठते।

मैंने दिल्ली देखी है, नानी-घर देखा है, दादी-घर देखा है और कुछ पिकनिक वाली जगह देखीं हैं। वहाँ का पूछो? मुझे पता है क्यों नहीं पूछते क्योंकि आप को वहाँ का कुछ पता ही नहीं है। हाँ नी तो और क्या? वहाँ का

क्यों पूछते हो जिसे मैंने देखा ही नहीं। क्या पता वहाँ कोई नदी हो ही ना जिसे सालों से याद करते आ रहे हैं हम। या वो देश जहाँ कोई अब रहता ही ना हो। ऐसे में उसे याद करना बेवकूफ़ी ही तो हुई। मेरे शहर, गाँव को याद करो, गली-गली, चप्पा-चप्पा पूछो, जो पूछना है। दूध वाली गली, स्पोर्ट्स की दुकान, किताबों की दुकान, खोजी हुई एक नयी गली जिसे अभी आधा ही देखा है क्योंकि उस दिन जल्दी शाम हो गयी थी इसलिए साइकिल वापस घुमा ली थी। सिनेमाहॉल वाली गली जो कि बहुत दूर है, पापा ले जाया करते हैं कभी-कभी। रिश्तेदारों की गलियाँ, स्कूल, झरने, तालाब, जंगल, प्लाट, फ़ैक्ट्रियाँ, दुकानें, गोदाम, मैदान, बागीचे, खेत इनके बारे में पूछो इन्हें बनाओ नक्शों में। झूठ मुझे याद नहीं होता, केवल सच को ही पचा पाता हूँ लेकिन सच क्या है? वो सम्राट वाली गली जो कल तक तो दूध वाली गली से पाँच गली छोड़ के थी वो फिर आज सात गली बाद क्यों आती है? हाँ! याद आया मास्टर जी ने कल ही तो बताया था कि पृथ्वी निरंतर रूप से घूमती रहती है। तो क्या पता वो थोड़ी खिसक गयी हो उन नदियों, पहाड़ों, देशों, राज्यों की तरह। लेकिन एक बात दिमाग़ की गलियों से बार-बार टकराती है। सर को उनके तीन दिन पहले का इतिहास तो याद नहीं फिर सदियों का इतिहास कैसे याद कर लेते हैं? क्या कोई कंप्यूटर या कोई चिप दिमाग़ में लगी है जो हर सदी में घटी घटनाओं की तिथि याद रहती है? भगवान से कोई नाता है इनका ज़रूर जैसे भूगोल वाले टीचर का है जो कि ऊपर वाले की आँखों से नदियों का बहना, पहाड़ों का टूटना, प्लेटों का खिसकना देख लेते हैं। लेकिन हम इतिहास क्यों पढ़ते हैं? क्या होगा? नहीं, होगा क्या? बताओ क्या होगा? इतिहास याद कर लेने से? किसी ने कहा है कि अपने देश को पहचानने के लिए उसका इतिहास पढ़ना ज़रूरी है। जिससे हम एक उज्ज्वल भविष्य की ओर रुख़ कर सकें। लेकिन ऐसा होता तब तो वो कब का हो जाना चाहिए था। मेरा मतलब वर्ल्ड वार दो का होना तो फिर बहुत बड़ी बेवकूफ़ी है। हिरोशिमा-नागासाकी तो पागलपन है। अफ़ग़ानिस्तान को तेल के लिए बर्बाद करना तो नीचता है और न जाने आये दिन लड़े जाने वाले युद्ध। धर्म के नाम पर लड़ना तो ढक्कनपना है। तो फिर क्या ख़ाक असर पड़ता है इतिहास पढ़ने, जानने पर? सब पागल हैं कोई किसी की ग़लती से सीख नहीं लेता। यहाँ तक की अपनी ख़ुद की गलतियों से भी नहीं।

मैं बार-बार एक जैसी दिखने वाली ग़लतियाँ करने पर उतारू हो गया हूँ।

लाख कोशिशों के बावजूद भी मुझे अंग्रेज़ी की ग्रामर याद नहीं होती है। आख़िर कोई कैसे इतने सारे शब्द याद कर सकता है। इतने सारे टेंस, नाउन, फ़र्स्ट फ़ॉर्म, सेकंड फ़ॉर्म, थर्ड फ़ॉर्म, वाज़, वर, हेड, हेव इत्यादि, उफ़ दिमाग़ घूमने लगता है अंग्रेज़ी ग्रामर के बारे में सोचने भी लगूँ तो।

मुझे तो ये समझ नहीं आता जब पूरे दिन हिंदी में बोलते हैं तो यह इंग्लिश पढ़ने की क्या ज़रूरत? और फिर किसलिए? रिक्शे वाले भैया हिंदी में बोलते हैं, छोले-कुलचे वाले भैया हिंदी में बोलते हैं, दुकान वाले हिंदी में बोलते हैं, पतंगों वाले चाचा हिंदी में बोलते हैं, सब्ज़ी वाले, फल वाले, मिठाई वाले, कॉपी-किताब वाले भी, यहाँ तक कि सब स्कूल के अध्यापक और यहाँ तक कि ख़ुद इंग्लिश की मैडम भी, तो भाई किसके लिए इंग्लिश सीखूँ? पढ़नी आती है, समझ भी आती है क्या इतना काफ़ी नहीं है? कि बोलना भी सीखूँ? जिसका मेरी ज़िन्दगी में कोई उपयोग ही नहीं।

पहले मैं पृथ्वी के अन्दर रहता था, सोचता था कि हवाईजहाज़ और रॉकिट एक मोटी-सी परत को पार करते होंगे जो इस किताब में बनी है नीले रंग की। क्योंकि पृथ्वी तो घूमती रहती है अगर हम पृथ्वी के ऊपर रह रहे होते तो सारे के सारे एक जगह इकट्ठा होकर गुलाब जामुन की चाशनी की तरह टप-टप करके गिरने लगते। लेकिन शुक्र मनाओ कि गुरुत्वाकर्षण के भगवान न्यूटन इसी पृथ्वी के थे वरना मैं तो यही समझता कि हम पृथ्वी के अंदर रहते हैं बाहर नहीं और किताब में बनी पृथ्वी की तस्वीर पर बना नीला-नीला पानी नहीं आसमान है। और पृथ्वी का तेज़ न घूमने का एहसास तब हुआ जब चाँद बिना बताये नानी-घर तक ट्रेन का पीछा करते-करते आ गया।

गणित मेरे लिए आसान तो थी लेकिन कुछ गणित से डरता था। वो थी सब्ज़ी, फल और राशन की गणित जो कि हर दिन बदल जाती थी। ये अंकल 4 दिन पहले तो 5 रुपये किलो आलू बेच रहे थे और आज 7 रुपये में बेच रहे हैं, यह चक्की वाले अंकल पिछले महीने तो 6 रुपये किलो आटा दे रहे थे और आज साढ़े छ: रुपये कर दिये तो यह केले वाले अंकल परसों 12 रुपये के 12 केले दे रहे थे और आज 10 दे रहे हैं। कोई अंकल से बोलो कि वो चीटिंग कर रहे हैं। एक पाव, आधा पाव, एक किलो, डेढ़ किलो, सवा किलो कोई कैसे याद करे? यह चिंता लगी रहती कि मैं बड़ा होकर एक अच्छा बेटा और पति नहीं बन

पाऊँगा। क्योंकि मुझे समान ख़रीदने वाली गणित याद नहीं रहती। सब मेरे बुद्धू होने का मज़ाक़ बनायेंगे। "अरे वो महजबी का लड़का है ना 'याद' उसे सब्ज़ी ख़रीदनी नहीं आती हा हा हा ..." कह हँसा करेंगे।

जितना ज़रूरी बड़े होकर एक अच्छा इंसान बनना होता है उतना ही ज़रूरी अच्छी सब्ज़ी, फल ख़रीदना भी होता है। जिसे मैं आजतक नहीं सीख पाया हूँ इसलिए अम्मी कम ही मुझसे सब्ज़ियाँ मँगवाती हैं लेकिन साथ में ज़रूर ले जाती हैं। क्योंकि सब्ज़ी से भरा थैला कौन पकड़ेगा? आप?

फल तो आराम से ख़रीदे जा सकते हैं क्योंकि फल अमूमन पापा नाम के शख़्स ही ख़रीदते हैं। जो ठेली वाला कहता उससे थोड़ा-सा इधर-उधर में ले आते। लेकिन इतनी सरलता सब्ज़ी में नहीं चलती। क्योंकि उन्हें माँएँ जो ख़रीदती हैं। मोल-भाव और तुरंत वाले जोड़-भाग के गणित में पसीने निकल आते और मुझे हर वक़्त उन पड़ोस वाली आंटी के फैले दाँतों से निकलने वाली व्यंगात्मक हँसी याद आ जाती।

पापा पढ़ाई पर कम ध्यान देते। लेकिन बातें बड़ी-बड़ी करते कि तुम्हारा दाख़िला उस फ़लाँ स्कूल में करवा दूँगा और फिर उस फ़लाँ कॉलेज में चले जाना। मैं भी एक बार को कुछ वक़्त के लिए उनकी बात को सच मान लेता। लेकिन उन्हें तो ये भी याद नहीं रहता कि मैं कौन-सी कक्षा में हूँ।

हमारी पढ़ाई के मामले में केवल दो बार ही बात होती। एक तब जब कोई मेहमान आते तो पापा ख़ुद पूछ लेते कौन-से दर्जे में हो? पूछकर मेहमान के सामने दोहरा देते और एक तब जब हम कहीं घूमने के लिए निकलते और बस में एक साथ बैठे होते तो पूछ लेते कि परीक्षा कब से हैं? बस इतने सवाल-जवाब में पापा का पढ़ाई से रिश्ता रहता। ऐसी बात नहीं थी कि वो पढ़े हुए नहीं थे या मुझे नहीं पढ़ाना चाहते थे। वो तो ख़ुद 5वीं पास होकर अंग्रेज़ी में बात कर लेते और हमसे भी कहते सीखने को।

अम्मी दसवीं तक पढ़ी थीं। केवल हिंदी में। उनको घर के तमाम काम होते फिर भी वो पूरी कोशिश करती पढ़ाने की, पढ़ाने से मतलब हमें डाँटकर ख़ुद पढ़ने बिठा दिया करतीं। वो 'पेरेंट्स मीटिंग' में भी जातीं। ट्यूशन लगवाना हो या फिर खेल पर पाबन्दी लगानी हो सारे काम आम्मी ही करतीं। पापा ध्यान

नहीं देते, यह बात फ़ायदे की भी थी; जमकर खेलने को मिलता लेकिन यह कब नुक़्सान बन गयी पता ही नहीं चला। दो बार जब घर बदला तो दोनों साल ख़राब हो गये। फिर उसी दर्जे से शुरू से शुरू करना पड़ता जबकि दोनों बार आख़िरी की परीक्षा ही हो रही थीं। वो न दायें देखते न बायें। ट्रक आता, सामान लदता और मैं आख़िरी में कोई छोटा-सा समान पकड़कर ऊपर हाथ बढ़ा ट्रक में चढ़कर सड़कों को पीछे छोड़ना शुरू कर देता। ताज्जुब ये होता कि अपना घर छोड़कर किराये के घर में जाते पता नहीं क्यों? लेकिन अब सब समझ आ गया है। ख़ैर बात यहीं तक सीमित नहीं थी। 8वीं तक अंग्रेज़ी माध्यम से पढ़ा और फिर 9वीं से हिंदी माध्यम जिसमें मैथ्स और साइंस को गणित और विज्ञान में पढ़ना पड़ा, 10वीं तक जैसे-तैसे समझ आने लगी। अब दसवीं तो हो गयी थी 73% के साथ जितने मेरे लिए ज़रूरी थे। 'लेकिन अब क्या करना है?' का नारा हर बच्चे के दिमाग़ और घरों में घूम रहा होता है। 'पी.सी.एम.', 'पी.सी.बी.', 'कॉमर्स' आख़िर क्या? 'आर्ट' तो ले नहीं सकते, सुना है यह सिर्फ़ लड़कियों के लिए बना है। ऐसी लोगों ने हवा बना रखी है। कॉमर्स वालों का ज़्यादा महत्व भी नहीं है और फिर पढ़ाई भी काफ़ी कठिन है साइंस से। देखा 2-3 पक्के दोस्तों ने साइंस ली है तो मैंने सोचा मैं भी ले लेता हूँ और फिर रिश्तेदारों में शायद ही कोई साइंस से पढ़ा हो। लोगों की बातों और दोस्तों के रुझान में निर्णय लिया कि साइंस-साईड से पढ़ा जायेगा लेकिन चक्कर पर चक्कर लगे फिर भी किसी स्कूल में जगह नहीं मिली। क्या करा जाये अब? यह सोच ही रहा था कि इतने में पापा ने ट्रक मँगवा लिया था और वहाँ आसानी से साइंस मिल गयी 'पी.सी.एम.'। तो 11वीं में फिर से अंग्रेज़ी माध्यम हो गया और वो भी 'पी.सी.एम.' के साथ जहाँ मुझे साइंस का 'स' भी नहीं आता था।

जिसे मैंने 9वीं से पहले भी नहीं पढ़ा था क्योंकि हमारे प्रिय तिवारी जी उस सब्जेक्ट के मास्टर थे जिन्हें सतमोला, हाजमोला, हींग गोली, इमली, आम पापड़ खाने से फ़ुर्सत मिलती तो वो हमें कुछ पढ़ाते। दहशत बना रखी थी उन्होंने। जो कोई बच्चा उन्हें अम्मा से लायी हुई चीज़ खाने के लिए नहीं पूछता वो उसे ब्लैक बोर्ड के सामने खड़ा कर देते। मारेंगे नहीं कह के लेंगे। वो बोलते "ये देखिये इनके माँ-बाप इन्हें अपनी गोद में बिठाकर सेब की काशें खिलाते हैं और ये धरती के बोझ इनसे पढ़ा नहीं जाता।" फिर जीवन भर होशियार कहलाने वाली लड़की को खड़ाकर के पूछते, "बेटी तुम कितनी रोटियाँ खाती हो? "

वो हर बार की तरह 'एक' बोलती और तिवारी सर हर बार की तरह बोलते, "सुना धरती के बोझ? ये एक रोटी खाती है और तुम 'तीन' फिर भी कुछ लिख नहीं पाते हो..."

ये वाक्य ख़त्म होते-होते तेल में रिस रहे बालों में से एक बाल की लट पकड़कर दीवार में दे मारते बिना परवाह किये। और तो और ये तमाशा दूसरी क्लास में पढ़ा रहे मास्टरों को भी दिखाते बुलाकर ताकि वो लड़का चुल्लू भर पानी में डूब मरे या फिर वो कल से उनके ट्यूशन में दिखने लगे। फिर सुकून से कुर्सी पर पैर पसार कर बोलते "गोली लगे न छर्रा-बात कहूँ करा, तिवारी नाम है मेरा समझे?" इस तरह से हमारे विज्ञान की पढ़ाई होती जिसमें विज्ञान कम तिवारी सर से डर ज़्यादा होता।

12वीं भी हो गयी 70% के साथ और अब घर वालों का दबाव कि इंजीनियरिंग कर, ये कोर्स कर, फ़लाँ कर। मैंने आई. आई. टी. की परीक्षा का फ़ॉर्म भी भर दिया था क्योंकि दोस्त लोग भी भर रहे थे और घर वाले भी कह रहे थे। लेकिन तभी कुछ दिन बाद मुझे लगने लगा कि मैं यह क्यों करना चाहता हूँ? यहाँ क्यों जाना चाहता हूँ? किसलिए? क्या करूँगा इंजीनियर बनकर? मेरे दिमाग़ ने मुझे एक भी उत्तर नहीं दिया और फिर मैंने सोचा मेरे 50 में 50 ड्रॉइंग में आते थे। स्कूल की बेंचों पर मैं चित्र बनाया करता था जो कि लोगों को इतने पसंद आने लगे थे कि हर कोई कुछ न कुछ मुझसे अपनी-अपनी बेंच पर बनवाता था। स्कूल प्रतियोगिता में मुझे पहली बार इनाम मिला और वो भी ड्रॉइंग में और मुझे बहुत पसंद भी है स्केचिंग, ड्रॉइंग, पेंटिंग। जिसे मैंने एक बार अपने पापा से कहा भी था चौथी क्लास में कि मैं बड़ा होकर पेंटर बनूँगा तो उन्होंने कहा था"काम तो अच्छा है, लोग इज़्ज़त भी करते हैं इस काम की लेकिन पैसा नहीं मिलता इसमें और फिर छटी क्लास के बाद ड्रॉइंग सब्जेक्ट हटने से ड्रॉइंग जैसे कहीं पीछे छूट गयी थी और मैंने कभी सोचा भी नहीं कि मैं क्या करना चाहता हूँ? या फिर करना पसंद है? एक अलग मज़ा-सा आता था ड्राइंग में और मैं उसी चीज़ को कहीं पीछे भूल गया था। मैंने पूरे एक महीने का समय लिया सोच विचार करने का आई.आई.टी. की परीक्षा भी नहीं दी और घर वालों को अपनी बातों से समझा दिया कि इतना कमा लूँगा कि सबका पेट भर सकूँ और एक अच्छी ज़िन्दगी जी सकूँ। मैं जानता हूँ आप मेरे लिए ही सोचकर

ये सब बोल रहें हैं लेकिन अगर आप मुझे ख़ुश देखना चाहते हैं तो मुझे वो करने दीजिये जिसमें मुझे ख़ुशी मिलती है नहीं तो मैं आपके बताये रास्ते पर तो चल लूँगा लेकिन ख़ुश कभी नहीं रहूँगा।

आज मैं स्केचिंग और पेंटिंग करता हूँ। यहाँ ग़लती होने पर कोई मुर्ग़ा नहीं बनाता है न ही कोई डंडे से मारता है और न ही ग़लती होने पर कोई जॉब से निकालता है या सैलरी बढ़ने से रोक लेता है। यहाँ तो ग़लतियाँ ढक जाती हैं। दूसरी लकीर से और ग़लती इतनी सुन्दर हो जाती है कि लोग तारीफ़ें करते हैं। कैनवस पर ग़लत स्ट्रोक पड़ने पर चित्र अपने आप कुछ और ही मुझसे बनवाने लगता है। लेकिन आज मुझे महसूस होता है कि वो सब ज़रूरी था। जो भी मुझे पढ़ाया गया था। शायद वो सब आज पढ़ाना चाहिए क्योंकि आज उसकी क़द्र है, समझ है। फ़ेल होने का डर भी नहीं। जिस डर ने कभी स्कूल में पढ़ने ही नहीं दिया या यूँ कहें कि उसी डर से सिर्फ़ पढ़ा लेकिन समझा नहीं।

पापा ने कहा था कि इस काम में पैसे कम मिलते हैं। ठीक कहा था उन्होंने लेकिन वो ये भूल गये थे कि इसमें सुकून मिलता है जिसे दुनिया पागलों की तरह सड़कों पर रोज़ ढूँढ़ती फिरती है। पेट और दिल दोनों का काम चल जाये इतना कमा लेता हूँ और वैसे भी अभी मुझे वक़्त ही कितना हुआ है इसमें आये हुए। अभी कुछ दिनों से एक नया मर्ज़ लगा है पढ़ने-लिखने का, अरे! नहीं स्कूल वाला पढ़ना-लिखना नहीं। कहानियाँ पढ़ने-लिखने का, उनके लिए चित्र भी बनाने का अभी 4 किताबें रखी हुई हैं कहानियों की, अलग-अलग लेखकों की जिनपर चित्र बनाने हैं फिर वो प्रकाशित होंगी।

मैंने भी एक छोटी-सी कोशिश की है कहानी लिखने की। यही मेरी पहली कहानी है जिसका शीर्षक मैंने "काले अक्षर भैंस बराबर" रखा है। वही काले अक्षर जो बचपन में सताया करते थे और अब उन्हीं काले अक्षरों को कोरे काग़ज़ पर फैला देता हूँ कहें तो गुचड़-मुचड़ करके ख़ूबसूरत बना देता हूँ, मेरा मतलब है ख़ूबसूरत बनाने की कोशिश करता हूँ।

आपका प्यारा, नहीं आपका बेवकूफ़ "याद"

5
च से चबूतरा

किसका है ये चबूतरा?

एक दिन घर के बाहर घर से कुछ जुड़ा हुआ पाया। छोटे-छोटे एक दायीं ओर तो एक बायीं ओर ज़ीने बने हुए हैं और बीच में एक छोटा-सी फिसलन। बिल्कुल मेरे स्कूल जैसा लेकिन इसमें एक फ़र्क़ ये है कि ये उसका एक-चौथाई है। मैंने तुरंत उसकी सवारी करनी चाही तभी अन्दर से आवाज़ आयी "सीमेंट अभी सूखा नहीं है" मैं वहीं रुक गया और उसे ताकने लगा, ताकते हुए सोचने लगा कि इसे क्यों बनाया गया है?

हाँ, शायद ये उन घरों में बनते होंगे जिनके घरों में झूला लगाने के लिए बगीचे नहीं होते ताकि वो उसकी हसरत ऐसे पूरी कर सकें। नहीं, शायद ये पापा की नयी मोटरसाइकिल के लिए बनाया गया है क्योंकि रोज़ रात को एक की ड्यूटी लगती है। लोहे की सीढ़ी को उठाकर एक को बाहर लगाओ तो दूसरे को अन्दर। अन्दर लगाना आसान है। घसीट के लगायी जा सकती है या फिर उठाने पर भी ज़्यादा दूर तक नहीं उठाना पड़ता। लेकिन बाहर वाले के लिए ताक़त बटोरनी पड़ती है। इसलिए सब हिचकते हैं गेट खोलने में। शायद उसी हिचक को दूर करने के लिए इसे बनाया है।

कहीं ये दादी जी के लिए तो नहीं बनाया गया? क्योंकि उन्हें हर आम औरत की तरह शाम को चबूतरे पर बैठने में दिलचस्पी है या कहें आदत है। वो अक्सर दूसरों के चबूतरों पर शाम के वक़्त पायी जाती हैं। अंदर उनका

दम घुटता है, शायद सभी का घुटता है। लेकिन वो दूसरों के चबूतरों पर बैठती हैं सिर्फ़ ये कारण तो नहीं हो सकता अपना चबूतरा बनाने का। तो फिर? फिर क्या वजह है? हम्म! याद आया वो सिर्फ़ वहाँ बैठती नहीं हैं बल्कि अपने घर के रहस्य भी बयाँ कर आती हैं। दरअस्ल ये चबूतरे होते ही इसलिए हैं ताकि एक दूसरे के दुःख तकलीफ़ों को बाँट सकें। अभी कुछ दिनों से दादी कुछ ज़्यादा ही रहस्य खोल रहीं हैं यहाँ तक कि शाम की चाय भी वहीं पीनी शुरू कर दी है। बात तो यहाँ भी थम जाती लेकिन उन्होंने अपनी बहू-बेटे की तारीफ़ें भी कर दीं और वो भी बहू की कुछ ज़्यादा। जिससे माँ को उन तारीफ़ों का एहसास हो गया होगा और फिर उन्होंने पापा को भी उन तारीफ़ों का एहसास करा दिया होगा जिस कारण पापा ने ये चबूतरा बनवाया होगा।

मेरी बहनें भी तो हो सकती हैं इसका कारण। वो भी अक्सर शाम के वक़्त दूसरे घरों के चबूतरों पर आज़ाद पायी जाती हैं तरह-तरह के खेल खेलते हुए। गिट्टो और बीजो से उछालने वाला खेल, आम-लिलो सिल्ल्म सालो, फिट्टू-फिट्टू, ऊँच-नीच का पापड़ा और न जाने क्या क्या। रोज़ शाम के वक़्त ऐसे नये खेलों का आविष्कार किया जाता है इन्हीं गलियों में और न जाने कौन-सा फ़रिश्ता है जिसने पुराने खेलों को अब तक नया बनाये रखा है एक पीढ़ी से दूसरी पीढ़ी तक खेलों का फ़रमान लिये घूम रहा है। माँ को ज़्यादा शाम तक उनके चबूतरों पर खेलना अच्छा नहीं लगता। मग़रिब की अज़ान के बाद वैसे भी रात अपनी चादर फैलाने लगती है और इधर अम्मी अपना आँचल। कई बार तो बहनें ख़ुद कह दिया करतीं कि अम्मी हमारा चबूतरा कब बनेगा? लेकिन ऐसा सिर्फ़ तब होता जब उनकी किसी सहेली से लड़ाई हो जाती। लेकिन दूसरे ही दिन फिर वो वहीं पायी जातीं, ‘टूट-फूट मेरी’ करती हुई।

माँ ही अस्ल वजह हैं। उन्हें शाम को चाय पीने के लिए पटली, कुर्सी या पीढ़ी का सहारा लेना पड़ता है। दिक़्क़त इससे नहीं होती, दिक़्क़त तब होती जब खाला या पड़ोस वाली आंटी आतीं। क्योंकि फिर उन्हें काफ़ी समय तक खड़े-खड़े सारे विचार-विमर्श करने पड़ते। वो भी घर से थोड़ा दूर मतलब चबूतरे की जगह नहीं, उससे थोड़ा हटकर, लेकिन वहाँ पर कोई उनकी बातें सुन सकता है ये भी एक डर बना रहता है। अगर दूसरी कुर्सी या पटली मँगायी जाती तो मौसी कहती हम जा रहे हैं, बस फ़लाँ-फ़लाँ काम करने आये थे या तुमसे कुछ कहने। इस

फ़लाँ-फ़लाँ के काम में वो कम से कम एक या डेढ़ घंटा खड़े-खड़े ही बातें कर लेतीं। इसी बीच उन्हें कुछ काम भी सौंपे जाते जैसे 'लंगड़ बाँधना'। मुझे लंगड़ तो ख़ूब अच्छे से लड़ाना आता है मगर बाँधना नहीं आता जिसे कभी अम्मी तो कभी ख़ाला बाँधतीं। मग़रिब की अज़ान के बाद भी माँ का जी करता होगा बैठने का, क्योंकि रात के खाने की तैयारी के लिए उन्हें घर में घुसना पड़ता और फिर कल शाम का इंतज़ार करना पड़ता। क्योंकि कुछ काम गली में नहीं किये जा सकते लेकिन अगर चबूतरा बन जाये तो वो वहाँ बैठकर चावल छानना, सब्ज़ी काटना जैसे छोटे-मोटे काम गर्व के साथ कर सकती हैं बतियाते हुए।

पापा को इसकी ज़रूरत नहीं है उन्होंने अपने लिए नहीं बनवाया होगा। क्योंकि वो तो केवल इतवार के दिन ही घर पर होते हैं और वो दिन पापा का पूरे हफ़्ते की थकान निकालते हुए निकल जाता है। कभी-कभी आते हैं बाहर लेकिन सिर्फ़ पौधों को देखने के लिए जो कि अभी जहाँ चबूतरा है उसके दायें और बायें तरफ़ बनी क्यारियों मे लगे हैं। एक मौक़े पर और बाहर बैठना होता है जब बकरा-ईद आने वाली होती है। तब बकरे के लिए तसले मे आग जलायी जाती है ताकि ठण्ड में बीमार न हो जाये। और फिर गली भर के लोग उस आग से थोड़ी-थोड़ी आग लेकर अपने लिहाफ़ों मे घुस जाते हैं तो कोई आलू लाकर कोयलों के नीचे जमा जाता और कहता जब भुन जाये तो मुझे आवाज़ लगा देना। लेकिन बेचारे उनका भी क्या क़ुसूर उन्हें क्या पता हमारे जैसे भी लोग है जो मुट्ठी में नमक दबाये बैठे हैं कि कब आलू भुने और कब उसे फोड़ा जाये। वैसे मुझे शकरकंदी ज़्यादा पसंद है लेकिन वो सुबह छत पर भूनी जाती है। तो क्या सिर्फ़ इन दो कामों के लिए पापा ने ये चबूतरा बनवाया है?ये सब कुछ सोच ही रहा था कि तभी आवाज़ आयी ''पापा नहा लिये हैं चलो जल्दी जाओ नहाने आज वैसे ही देर हो गयी है''।

अकेले चबूतरे

घर में सबका चबूतरे से रिश्ता शाम का होता और कभी-कभी सुबह का भी, लेकिन सिर्फ़ सर्दियों में। मेरे लिए तो हर मौसम चबूतरे से मिलनसार रिश्ता होता लेकिन एक वक़्त कुछ ज़्यादा ही ख़ास और वो है दोपहर का। गर्मी की दोपहर सन्नाटे में जब सब लोग पेट पर हाथ फेरते हुए डकारें लेकर किसी चैनल

पर कोई पुरानी फ़िल्म ढूँढ़ रहे होते, उस समय मैं चुपके से चबूतरे का रुख़ ले लेता, बिल्ली के पँजों-सा दबे पाँव। उस वक़्त गली में अमूमन दो आवाज़ें आ रही होतीं- एक तो किसी पुरानी हिंदी फ़िल्म की जिसकी आवाज़ इतनी तेज़ होती मानो दोपहर के होते ही सब जैसे बहरे हो गये हों और टीवी का रिमोट कहीं गुम हो गया हो। और दूसरी स्टील के बर्तनों की उसमें भी सबसे ज़्यादा गिलास के गिरने की। इन आवाज़ों के अलावा और भी बहुत-सी आवाज़ें होतीं जिन्हें ग़ौर देने पर सुना जा सकता है लेकिन रोज़मर्रा की आने वाली आवाज़ों को थोड़ा सुलझा कर।

एक तो शोर में बने हुए सन्नाटे की जो कि रात से भी ज़्यादा गहरा होता क्योंकि शायद इस वक़्त हर आदमी, बच्चा बनियान पहने चटाई, पलंग या बेड पर लेटे हुए आराम फ़रमा रहा होता और औरतें दिन भर के स्कूल से आधी छुट्टी ले लेतीं। और ज़्यादा ग़ौर देने पर गर्म-गर्म हवा के थपेड़ों की आवाज़ें, कौओं के काएँ-काएँ की, कुत्ते के सड़कों पर लेटकर ऊँघने की, गिलहरियों के टीन पर दौड़ने की, पत्तों के हिलने की और अगर ज़्यादा से भी ज़्यादा ग़ौर करा जाये तो आप ख़ुद की भी आवाज़ सुन सकते हैं, आपकी साँसों की आवाज़, ऊपर-नीचे, नीचे-ऊपर, दिमाग़ की गलियों में दौड़ती साइकिल की चैन की आवाज़ जिसे आप गली में चबूतरे पर बैठकर आराम से सुन सकते हैं और ठीक रात को सोने से पहले के कुछ पलों में भी।

मेरे लिए दोपहरी में बाहर निकलना आसान नहीं होता है। माँ किवाड़ों में ताले जो डाल दिया करती हैं। मेन गेट पर तो लगाती ही हैं साथ में छत के दरवाज़े पर भी लगा दिया करतीं ताकि मैं छते लाँघ-लाँघकर किसी और के घर से गली में न पहुँच जाऊँ। अब क्या किया जाये? चार बजे से पहले तो खुलने से रहा, लेकिन मेरे दिमाग़ में दुनिया की गणित करने का समय तो एक से चार के बीच में ही आता है और बिना चबूतरे पर बैठे दिन भी नहीं गुज़रता।

पुरानी और कुछ नयी संभवनाओं वाली जगहों पर खकोड़े-बाज़ी होती है। दालों के सारे डिब्बे, स्लैब, मचान, सामने दिखने वाली सारी चीज़ें जिन पर अमूमन शक नहीं जाता वहाँ पर देख लेने के बाद, सबसे ख़तरे वाली जगह की तरफ़ जाया जाता। एक ख़तरनाक टीचर और गुस्से में विलीन जैसी दिखने वाली औरत सो रही है। जहाँ तक ख़याल है कि चाबी यहीं है तकिये के नीचे, लेकिन

ये ख़तरा कौन मोल ले? पहले तो पता करने का और फिर निकालने का। अगर पता करने में पता चला कि वो वहाँ नहीं है और यमराज उठ गये तो? फिर मेरा क्या होगा? चार के बदले छ: बजे द्वार खुलेंगे फिर तो।

अगर पता करने में पता चलता है कि वो वहीं है और फिर वापस हाथ खींचने मे शेरनी को नींद से जगा दिया तो? एक-आध चंकट तो लग ही जायेगा। वैसे कभी-कभी ही मारती हैं लेकिन नींद से जागने पर तो कुम्भकरण भी गुस्सा गया था जो कि सालों से चटाई पर लेटे कूलर की ठंडी हवा लेते हुए नींद में कोई पुरानी हिंदी फ़िल्म देख रहा था और एक दिन अचानक से उसके सुकून में ख़लल डाल दिया गया। कहीं मैं भी ख़लल न डाल दूँ एक तो वैसे ही माँ को बड़ी मुश्किल से नींद आती है और फिर मेरी वजह से जाग गयी तो धुनाई हो जायेगी मेरी सर्दियों में निकले लिहाफ़ों की तरह। लेकिन यह ख़तरा तो मोल लेना होगा आख़िर यह मेरे और चबूतरे का सवाल है। चलो तो फिर हाथों को 'पोपाए दी सैलर मैन' की ओलिव की तरह महीन हाथों जैसा बनाया जाये ताकि आसानी से बिना सर को उठाये और हिलाये तिजोरी में हाथ घुस सके, हम्म्म .....! ठीक, सही .... अरे अम्मी हिली, रोको हाथ को, नीचे, अरे नीचे छिपो, बेवक़ूफ़ हाथ को वहीं रखो, आधा दबा-आधा निकला हुआ। हाँ, अब उठो वो हल्की-सी मुड़ गयी हैं। अब आसानी रहेगी, उँगलियों को केंचुओं की तरह अन्दर घुसाया जाता है और चाबी नाम की वस्तु का एहसास होता है। चाबी का गुच्छा है सिर्फ़ एक चाबी नहीं है इसलिए सावधानी बरतनी होगी। धीरे-धीरे, हाँ बिल्कुल इसी तरह लेकिन... मुझे लगता है अम्मी को पता चल गया है कि मैं चाबी निकाल रहा हूँ। लेकिन ना तो माँ उठी और न ही उन्होंने कुछ कहा। शायद उसी तरह जिस तरह एग्ज़ाम में मास्टर जी जान बूझकर क्लास से हर 20 मिनट के बाद बाहर चले जाते हैं ताकि बच्चों का एक साल बच जाये ठीक उसी तरह अम्मी मेरे खेल का समय बचा रही हैं या फिर हो सकता है अम्मी सचमुच गहरी नींद में हो और मैं ख़्वा-मख़्वाह ख़याली पुलाव बना रहा हूँ और अम्मी का किरदार हिंदी फ़िल्म की माँओं की तरह अच्छा कर रहा हूँ क्योंकि मुझे वो दिन भी नहीं भूलने चाहिए जब मुझे कूटा गया था और छ: बजे के बाद बाहर जाने दिया था। आराम से हाथ को वापस लाते हुए चाबी के गुच्छे को जकड़ के थामा हुआ है ताकि कोई चाबी आपस में न टकराये और इसी के साथ मैं अब आज़ाद हूँ। झट से गया, ताला खोला और बाहर से ऊपर का कुंडा लगा दिया। छाँव ज़्यादा कहाँ पर है? वहीं

चला जाये। कौन-सा चबूतरा? हम्म .... आज यही सही रहेगा दिमाग़ में दुनिया भर की गुचड़-मुचड़ को समझने के लिए। हमारा चबूतरा पता नहीं कमबख़्त कब बनेगा? सामने वालों का सही रहेगा छाँव भी पूरे चबूतरे पर है और घर के पास भी है। माँ जब उठेंगी तो पास में देखकर उतना गुस्सा नहीं होंगी जितना कि मेरे न दिखने पर।

बुझी हुई तिल्ली को उठाकर मिट्टी में कुछ बनाने की कोशिश हो रही है। ये तिल्ली ज़रूर सामने वाले बाबा ने अपनी बीड़ी के लिए जलायी होगी क्योंकि ये बहुत कम जली है। वो बीड़ी जलाने में बहुत माहिर हैं, बंडल के बंडल फूँक देते है खाँसते-खाँसते। नहीं तो गली में तिल्ली से और क्या काम हो सकता है? एक बात बताऊँ किसी को बताना मत, पहले पक्का वाला वादा करो। मैंने भी बीड़ी पी है लेकिन सिर्फ़ एक बार और उसे पीना भी नहीं कहेंगे केवल मुँह से ही लगायी थी सच्ची। एक बार जब मैं किसी गली में अपने नाम के मतलब की तलाश में ब्लैक होल की बवंडर भरी गलियों में टहल रहा था तब अचानक से मेरी नज़र ज़मीन पर पड़ी जहाँ अभी-अभी किसी ने आधी सुलगती हुई बीड़ी फेंकी थी, उसमें अभी भी कुछ अंगार दिख रहे थे। शायद किसी जल्दबाज़ी में होगा वो या फिर किसी के आने के डर से फेंक के निकल गया होगा या फिर उसको बीड़ी पीकर भी चैन नहीं मिला होगा। अरे हाँ अम्मा लोग भी तो बीड़ी पीती हैं ख़ूब, वो दूध वाली आंटी को देख लो तो रवि की अम्मा को देख लो दिन-रात खाट पर बैठे-बैठे बीड़ियाँ सुलगाती हैं और खाँसती हैं। ख़ैर किसी की भी हो वो बीड़ी मेरे होंठो से कहने लगी थी कि मुझे पी लो। मैं थोड़ा हिचका फिर इधर-उधर देखते हुए उसे झट से उठा लिया क्योंकि दिमाग़ में तो मेरे भी रहता था कि आख़िर लोग इसे पीते क्यों है जबकि सिनेमा हॉल में हर बार वो अंकल बताते हैं कि सिगरेट, बीड़ी और तम्बाकू से जानलेवा कैंसर हो सकता है उसके बावजूद लोग इसे पीते हैं आख़िर क्यों? कि तभी नज़र पड़ी बहुत कम अंगारे रह गये थे बीड़ी में मुश्किल से 3 ही जल रहे थे बुझने ही वाली थी। यह न जाने कबसे मेरा इंतज़ार कर रही होगी लेकिन इसे क्या पता मैं तो पीछे गली में एक चबूतरे के नीचे बने खोल में गिलहरी के बच्चों को देख रह था जो शायद अभी कुछ ही दिन के होंगे लेकिन फिर एकदम से कोई आ गया उस चबूतरे वाले घर में और मुझे घूरने लगा। फिर गिलहरी की माँ किवाड़े का शोर सुनकर अपने बच्चों को अन्दर ले गयी। नन्हे-नन्हे कूदते गिलहरी के बच्चों को काफ़ी देर तक मैं ज़मीन से

थोड़ा ऊपर सर किये हुए देखता रहा। मैंने जल्दी से उसे बुझने से पहले होंठों पर लगा लिया। एहम... एहम... एहम... अरे ये क्या बकवास चीज़ है मुँह में लगाते ही खाँसी आ गयी और कुछ मिट्टी के दाने भी। हटाओ इसे बड़ी फ़ालतू चीज़ है लोग यूँही दीवाने हुए जा रहे हैं। मैंने झट से उस फ़ालतू चीज़ को फेंका और मुँह के मज़े को ठीक करने के लिए कल्लू भाई की दुकान से ली हुई 1 रुपये की 4 संतरे वाली टॉफ़ियों में से एक को झट से मुँह में डालकर वापस से अपनी धुन में वहाँ से चलता बना।

तिल्ली मेरे हाथों में आते ही कुलबुलाने लगती है कि मैं इससे ज़मीन पर कुछ बनाऊँ कुछ लिखूँ। नहीं, अपना नाम नहीं लिख रहा हूँ। अम्मी ने मना करा है कि ज़मीन पर अपना नाम नहीं लिखते। नाम की बे-अदबी होती है। मैंने भी सोचा, हाँ, फिर लोग उसपर चलेंगे भी और फिर मेरा नाम मिट्टी में मिल जायेगा। ये तो कुछ गोल-गोल-सा बन गया। एक के अन्दर एक। पाँच मकान छोड़कर बाबा घर से निकलते हुए मेरी तरफ़ आ रहे हैं। मैंने कोई चोरी नहीं की ये तिल्ली यहीं पड़ी थी। मैंने कोई चोरी नहीं की आपका समय आपके पास है चाहे तो इस चबूतरे पर भी आप पत्ते खेल सकते हैं मैं कहीं और चला जाऊँगा। मेरे पास अभी बहुत समय है चबूतरे ढूँढ़ने का लेकिन आपके पास नहीं है। इसलिए कहता हूँ आप परेशान ना हों यही बैठ जाओ। वो बिना सुने मुझे घूरते हुए चले जाते हैं कुछ बड़बड़ाते हुए। जैसे मैंने ही उनके सारे समय को ऊँघते हुए ख़त्म कर डाला हो कुछ पाने की चाह में जिसे अभी कुछ दिन पहले उस नयी रंग-बिरंगी गोलियों की डिब्बी में पाया है।

तारों से लटकता हुआ माँझा दोपहरी की तपिश से झूलता हवा के झोंके खा रहा है। इन लटकते मांझों को देखकर मन करता है कि इन सारे तारों को तोड़ दूँ अभी अपनी लंगसी से जो कभी मच्छर दानी की थी लेकिन अब वो मेरी पतंगें लूटने के लिए है जिसे मैंने कई दिनों की मेहनत के बाद आभूषणों से लाद दिया है। कुछ छोटी तो कुछ बड़ी कीलें, एक मुड़ा हुआ पीतल का टुकड़ा जो मुझे प्लॉट के कोने वाली दीवार से सटा मिला था जब मैं वहाँ पर अपना कंचा छुपा रहा था। इस चाह में कि कई दिन बाद खोदकर इसे निकालकर देखूँगा कि यहीं मिलता है या नहीं और ठीक वैसा ही जैसा छोड़ा था। एक एल्युमिनियम की वायर भी लिपटी है जिसे कुछ दिन पहले बक्से के कुंडे में लिपटा पाया

गया था। वो मेरा पतंगों को अपनी ओर आकर्षित करने वाला जादुई डंडा लाऊँ क्या? अभी हवा टाइट हो जायेगी तुम्हारी। तुमने समझा क्या है अपने आप को जब दिल करता है पतंग को अपने में ऐसे लपेट लेते हो जैसे तुम्हारे अब्बू ने फ़ैक्ट्री जाने से पहले 2 रुपये तुम्हें दिये थे जिन्हें तुमने शाम तक किसी तरह अपनी चटपटी ज़ुबान और कुएँ जैसे पेट पर लगाम लगाकर बचाया और वसीम से चार बेहतरीन पतंगें ले आये हो। जैसे तुमने कई बार पतंग के दोनों कोनों को पकड़ कर भापा हो कि कहीं इसका काग़ज़ ढीला तो नहीं, पतंग हवा में सुन्न तो रहेगी? गोल-गोल पागलों की तरह घूमेगी तो नहीं? जिसे तुमने अम्मी की नज़रों से छिपाने के लिए सीधा नीचे वाले ज़ीने से ऊपर वाले ज़ीने पर आकर साँस ली हो और फिर गमले के पीछे छिपी चरखी को निकालकर ख़ूबसूरती से उसमें वही आधी जली तिल्ली से चार छेद करे हों, दो ऊपर और दो थोड़ा नीचे और क़ानून के तराज़ू की तरह कन्नों को नापा हो और फिर अपने तेल भरे सर पर उसके मोटे तिल्ले को दिल पर हाथ रखते हुए मोड़ा हो कि कहीं धोके से भी तिल्ला न टूट जाये नहीं तो पचास पैसे गये। वैसे तुम इतने सीधे भी नहीं हो मुझे पता है तुम झाड़ू की मोटी दो तिल्ली और टेप से उसे भी जुगाड़ लगाकर ठीक कर दोगे। अच्छा अब ज़रा जल्दी से नीचे से आटे की लोई तो ले आओ अभी तक तो अम्मी आटा गूँध चुकी होंगी नहीं तो कहीं अगर उसके पेड़े बना दिये तो फिर एक छोटा गोला कंचे के आकर का टुकड़ा मतलब लोई लेना मुश्किल हो जायेगा।

ये सब सोच ही रहा थी कि तारों में से एक सद्दी का सिरा नीचे आकर लटक गया जिसे पकड़ा जा सकता है, लेकिन इसका करूँगा क्या मैं? ये तो कन्नो भर की है सिर्फ़। मेरा ध्यान अभी भी तुम्हारे ऊपर है तुम मुझे इतना बेवक़ूफ़ न समझो जो तुम मुझे ज़रा-सी सद्दी का लालच देकर अपने पर से ध्यान हटा रहे हो। एक बार तो तुम मेरे हत्थे चढ़ोगे ही देख लेना। ये सोंटी के तार को तो कुछ ज़्यादा ही चुल रहती है ज़्यादातर इसी के तार में जाकर फँसती है पतंग। इसी के तार से उद्घाटन करूँगा अपनी बग़ावत का जब अँधेरा गुप हो जायेगा न उसके घर में तब पता चलेगा क्या दुख होता है 50 पैसे की ख़रीदी हुई पतंग का किसी तार पर अटक जाने का।

मेरी क्यारियों में लगे पौधे भी बड़े हो रहे हैं। कुछ दिनों बाद इनमें से अमरूद और निम्बू आने लगेंगे। लेकिन ये बड़े होंगे कैसे? क्यारियाँ तो छोटी हैं

और पौधों को बड़ा होने के लिए, अपनी जड़े फैलाने के लिए और जगह चाहिए होगी। अम्मी से कहकर इसे सामने वाले प्लॉट मे लगा दूँगा और रोज़ शाम ख़ुद पानी डाल जाया करूँगा और जब ये बड़ा हो जायेगा तो इससे काफ़ी सारे काम लूँगा। लेकिन सबसे पहले तो इसके नीचे एक चबूतरा बनवा दूँगा वो इसलिए कि जब कोई अपने चबूतरे पर पानी डाल देगा तो मैं पेड़ के नीचे चबूतरे पर सो जाया करूँगा और ताकता रहूँगा उन पत्तों को जिनसे धूप छनकर आया करेगी मेरे चेहरे पर। दोपहरी के भरे सन्नाटे में उस वक़्त केवल हम दो ही होंगे गली में एक दूसरे पर टकटकी लगाये। फिर वो जो गिलहरी रहती है उन लड़कों के चबूतरे के मोख्ले में जिनकी छत बहुत छोटी है और दोनों भाई मेरी पतंग तोड़ लेते हैं और पेंच भी हत्थी से लड़ाते हैं बच्चों की तरह लेकिन समझते अपने आप को तोपची हैं। जिनकी माँ आँगन में नलके पर नहाती हैं यह सोचकर कि उन्हें कोई देख नहीं रहा है और उनके लड़के छत पर पतंग उड़ा रहे होते हैं और बीच-बीच में मुझे घूरते हैं। उन गिलहरियों को बरसात में दिक़्क़त होती होगी वो भी इस पौधे को जो कि तब तक एक विशाल पेड़ बन जायेगा उसे अपना बना लेंगी। उसी पेड़ की ओख में अपना नन्हा-सा घर होगा उनका और उनके बच्चे जब एक डाल से दूसरी डाल जायेंगे तो मेरी कंचे जैसी आँखें उन्हें ताका करेंगी। वो चिड़ियों का घोंसला जो ख़ाला और फुप्पो के घर के बीच की दीवार में है जिसमें से बेचारा एक न एक अंडा रोज़ गिर जाता है और हम लोगों का दिल चींटी भर का हो जाता है। उस फूटे हुए अंडे को देखकर सोचने लगते हैं कि ना जाने वो कौन-सा दिन आयेगा जब हम इन अंडों में से नन्हे-नन्हे बच्चों को निकलते देखेंगे जो अब बस एक सपना-सा लगता है वो भी हक़ीक़त बन जायेगा जब यह पौधा एक पेड़ में तब्दील हो जायेगा। फिर मैं बच्चे निकलने से लेकर उनके उड़ने तक की प्रक्रिया को देख सकूँगा। फिर तो ना जाने यहाँ कौन-कौन आकर रहने लगेगा। एक दम मेला-सा लग जायेगा यहाँ तो फिर। कोई झूला तो कोई गुल्ली-डंडे के लिए लकड़ी लेने आयेगा तो कोई अमरूद खाने तो कोई चबूतरे पर आराम फ़रमायेगा तो कोई आंटी अपना अचार सुखाने के लिए चबूतरे पर बिछा जायेंगी तो कुछ बाबा लोग अपने पत्तों का रंग बदलेंगे यहीं बैठकर तो कोई सूखी लकड़ियाँ लेने आयेगा अपने चूल्हे के लिए। इस पर एक दो झूले भी डाल दूँगा बड़ा मज़ा आयेगा। लेकिन मैं सबसे कह दूँगा साफ़-साफ़ कि ये मेरा पेड़ है, कोई इसे हाथ भी ना लगाये और ना ही इसके पास आये क्योंकि जब इसे नये घर की

ज़रूरत थी तब कहाँ थे ये लोग जब इसे रोज़ पानी चाहिए था, धूप से बचाना था, बरसात में इसकी टहनियों को रस्सी से बाँधना था और सूखे में सूखने से बचाना था ऐसे मौक़े पर कहाँ थे ये लोग? जब सब कुछ हो जायेगा तो आ जायेंगे मज़े लेने, हूँ। मैं तो सोच रहा हूँ कि मेरे पेड़ के पास आने और सुख लेने के लिए टिकट रख दूँगा। इससे ज़्यादा भीड़ भी नहीं रहेगी और लोग इसका दुरुपयोग भी नहीं करेंगे और फिर उन पैसों को जोड़-जोड़कर मैं उन मोटे अंकल से ये पेड़ भर की ज़मीन ख़रीद लूँगा और फिर वो जगह हमेशा के लिए मेरी हो जायेगी। कितना मज़ा आयेगा ना? मैं एक चीज़ तो भूल ही गया था कि ये पेड़ मुझे पतंगें भी तो लूट कर देगा हम्म्म.... और फिर इसकी जड़ों में कंचे भी दुप्का दिया करूँगा और लट्टू भी हम्म्म... इसके कोई एक-आद फ़ायदे हों तो कहूँ इसके तो अनगिनत फ़ायदे हैं लेकिन फिर भी जगह होते हुए भी ना जाने क्यों लोग इन्हें नहीं लगाते हैं और उल्टा काट देते हैं पागल कहीं के। उन्होंने कभी पेड़ से पतंग नहीं लूटी होगी इसलिए, उन्होंने कभी पेड़ के नीचे बैठकर गिट्टियाँ नहीं खेली होंगी और ना ही दोपहरी में चबूतरे पर ठंडी हवा लेते हुए पैर पसार कर सोये होंगे और न ही पेड़ पर चढ़कर फल तोड़े होंगे हम्म... इसीलिए शायद वो काट देते होंगे हम्म .... बेचारे इन चीज़ों का कभी मज़ा नहीं ले पायेंगे। बेवकूफ़ कहीं के।

किसके घर से कौन-सी आवाज़ आ रही है ये सुनने की कोशिश कर ही रहा था कि दूसरे पल महसूस करता हूँ कि आधा शरीर गर्मी से तप रहा है। सूरज थोड़ा घूम गया है। मैं भी घूम जाता हूँ। देखता हूँ आज कितने खुक्कल हैं? एक-दो-तीन ... पूरे सत्रह हैं। लगता है आज कम पड़ जायेंगे कल प्लॉटों, गलियों और घर का दौरा करना पड़ेगा। एक बार तो मैं खुक्कल ढूँढ़ते-ढूँढ़ते ना जाने कहाँ पहुँच गया था वो जगह मैंने पहली बार ही देखी थी लेकिन लग कुछ जानी-पहचानी सी रही थी। एक बड़ा-सा मैदान था जहाँ बारिश के पानी से ज़मीन डूबी पड़ी थी। ना जाने क्यूँ मेरा दिल करा कि इसके आख़िरी छोर तक जाया जाये। लेकिन ये मुमकिन कैसे हो सोच ही रहा था कि मुझे डी.डी. नेशनल पर आयी रामायण का वो दृश्य याद आ गया जब राम जी को नदी पार करनी थी तो कैसे पत्थरों पर राम नाम लिखकर उन्हें नदी में डाला जा रहा था। लेकिन यहाँ कोई नदी नहीं इसलिए यहाँ पत्थर डूबेंगे भी नहीं इसलिए पत्थर पर राम जी का नाम लिखने की ज़रूरत भी नहीं है और फिर नाम लिखने से बे-अदबी तो होगी जब मैं उन पत्थरों पर चढ़ूँगा। इसलिए मैंने भी ईंटें उठाना शुरू किया और उन्हें पानी में

डालना शुरू कर दिया ताकि मेरी चप्पल और पैंट के पायचे न भीगे क्योंकि घर पर अगर भीगे पायचे ले गया तो पायचों को कम मुझे ज़्यादा सुखाया जायेगा। ये प्रक्रिया बहुत लम्बी हो गयी थी क्योंकि मैं एक ईंट उठाकर उसे कुछ दूरी पर पानी में डाल आता फिर वापस आता एक ईंट उठाता और पानी में डाल आता इसी तरह सिलसिला चलता रहा जैसे-जैसे ईंटों की संख्या ज़्यादा हो रही थी वैसे-वैसे ईंटें दूर तक ले जाकर पानी में डालने में मुश्किल हो रही थी। ईंटें और अड्ढे ढूँढ़ने में भी अच्छा ख़ासा वक़्त लग रहा था। मुझे उस वक़्त न जाने क्यों बहुत सुकून-सा मिल रहा था जैसे मैं अपने जीवन का रास्ता ख़ुद बना रहा हूँ या फिर उस छोटे-से तालाब में गुम होने जा रहा हूँ। यह सब कुछ महसूस और सोच ही रहा था कि मग़रिब की अज़्ञान सुनायी दी तब मैं अपनी आख़िरी ईंट पर खड़ा पूरे मैदान को अपनी नज़रों में भर रहा था और सोच रहा था कि मुझे कितने दिन लगेंगे उस किनारे तक पहुँचने में। तभी मैं मुड़ा और कूदता-फाँदता हुआ वापस घर आ गया। रात को बिस्तर पर लेट सोचने लगा कि कब कल हो और मैं अपने लक्ष्य को पाऊँ। वहीं दूसरी तरफ़ ये चिंता भी सता रही थी कि कहीं कोई उन ईंटों को हटा न दे या फिर उन्हें अपने विकेट बनाने के लिये उपयोग में ना ले ले।

ये सिलसिला चलता रहा, मैं रोज़ अपने जीवन की कुछ ईंटें वहाँ छोर पर पहुँचाने की उम्मीद में छोड़ आता। मैं अपनी मंज़िल तक पहुँचने वाला ही था कि तभी क्या देखता हूँ कि ये तालाब जैसा दिखने वाला मैदान तो सूख रहा है। मेरी इतने दिनों की मेहनत तो बेकार हो जायेगी। ये ग़लत है; सरा सर ग़लत है। मेरे साथ धोका हुआ है। ये ज़मीन तो मुझे अब दिखने लगी है। अब तो मैं इस पर चलकर जा सकता हूँ लेकिन ईंटों पर चलने वाला मज़ा कैसे आयेगा? वो मेहनत कहाँ रंग लायेगी? उस दिन मुझे समझ आया की चीज़ों का आनंद मेहनत करने के बाद ही पाया जा सकता है। जैसे एक कंचे से पूरी एक बोतल भरना, लूटी हुई पतंग से 10 पेंच काटना, 10 भी न सही 5 भी चलेंगे और उसी पतंग से एक दो पतंग लपेट कर ले आना, एक सिक्के से विडियो गेम में 5-6 से ज़्यादा विन्स करना या एक ही मैच में अकेले 50 रन से ज़्यादा बनाना। ऐसे पूरे दिन खेल थक-हारकर आने वाली नींद का मज़ा ही कुछ और है, कुल मिलाकर हर काम में मेहनत करने के बाद ही मज़ा आता है। और मैं उस छोर को वहीं अधूरा छोड़ आया। और शुरुआत की दो-तीन ईंटों को वहाँ से उठाकर कहीं दूर फेंक आया पता नहीं क्यों बस फेंक आया।

17 हैं तो क्या आज भी टनटोला जीत नहीं पायेगा। आप कहीं अब तक यही तो नहीं सोच रहे हैं कि खुक्कल होता क्या है? हाहाहा क्या सचमुच आपको नहीं पता? आप तो डफ़्फ़र निकले, चलिए कोई नहीं, ज़रूरी नहीं कि हर किसी को हर चीज़ मालूम हो। खुक्कल होता है हमारी माचिस के दोनों तरफ़ का भाग जिसपर ज़्यादातर शेर, पतंग और नाव देखने को मिलती है। काफ़ी मेहनत लगती है इन्हें इकट्ठा करने में। ये कोई बच्चों का खेल नहीं, समझे बच्चू? सारे मुहल्ले के प्लॉटों के चक्कर लगाने पड़ते हैं, सबकी नज़रों से बचकर कि कहीं कोई आपको कूड़ा उठाने वाला ना समझ ले वैसे ऐसा लगता नहीं है हमारे कपड़ों और हुलियों को देखकर, उन्हें लगता होगा बच्चे अपनी गेंद ढूँढ़ रहें हैं। कभी-कभी शीशा, कील या कोई नुकीली-सी चीज़ पैर में लग जाती तो कभी प्यारा-सा चमचमाता 2 का सिक्का पा जाता। जो चेहरे पर ऐसी चमक ला देता मानो जैसे वो मेरा ही था जो कहीं गुम हो गया था किसी नेकर की जेब से और आज मिल गया।

मैं और टनटोला अक्सर इन्हीं चबूतरों पर खेला करते हैं। कभी खुक्कलों से तो कभी टैटूज़ से। लेकिन टैटूज़ लेने के लिए लम्बा वक़्त और सफ़र दोनों तय करना पड़ता है। उसके लिए नानी घर जाना पड़ता है। जब कभी अम्मी नहाने के लिए कहती तो मैं टाल देता लेकिन अगर बात नानी घर जाने की होती तो ठंड में भी ठंडे पानी से आधी रात को भी नहा सकता हूँ। नानी घर सुबह पहुँचते ही पूरी सुबह का इंतज़ार करता और फिर गलियों का मुआयना करता। मामू की दुकान में आज नहीं घुसा जा सकता है इसलिए आज सिर्फ़ बाहर से ही दुकान की जाँच पड़ताल की जायेगी। देखूँ यहाँ कौन-सी चिज्जी (खाने की चीज़) बिक रही है आजकल और उनमें नयी और बढ़िया कौन-सी है। दुकान का हुलिया बिल्कुल वैसा ही जैसा हर बार होता है वही काउंटर, वही डब्बे कुछ एक-आद बदल जाते हैं लेकिन बाक़ी वही के वही। नान-ख़ताई और ख़स्ता बिस्कुटों के डब्बे वहीं जमे बैठे हैं जहाँ सालों से हैं। बड़े कमाल के होते हैं ये। यहाँ पर बच्चे, बूढ़े, जवान सबकी सुबह इन्हीं ख़स्ता-बिस्कुटों और नान-ख़ताई से होती है। यहाँ तक कि कुछ बच्चे तो ऐसे भी हैं कि उन्हें सुबह सबसे पहले हाथ में नान-ख़ताई या ख़स्ता-बिस्कुट चाहिए नहीं तो वो नेकर में ही लैट्रीन कर देंगे और एक नाश्ते में और एक स्कूल जाने के लिए, एक स्कूल से आने के बाद, एक शाम की चाय के साथ और न जाने कितनी बार लेकिन ऐसा अजूबा बच्चा एक ही है और उसका

नाम है 'हगोड़ू'। जो हगने के भी पैसे लेता है। सच में मैं झूट नहीं बोल रहा हूँ। हगोड़ू हर बार हगने के 2 रुपये या फिर बिस्कुट लेता है। नहीं तो निक्कर या पैंट में ही हग देता है इसलिए उसकी अम्मा उसे 2 रुपये या बिस्कुट देना ज़्यादा मुनासिब समझती हैं।

इन सब डिब्बों में बूम-बूम बूमर, बिग बबल गम और नयी आयी हुई चुइंगमों के डब्बे देखता हूँ। कोई नया डब्बा खुला होता तो उसके स्टीकर्स, टैटूज़ लेना मुश्किल हो जाता है। जो आधे से ज़्यादा ख़ाली हैं उसके टैटूज़ बड़े आराम से लिये जा सकते हैं वैसे मैं भरे हुए के भी ले लेता क्योंकि 2 चुइंगम लेने पर एक टैटू मिलता है और बहुत कम बच्चे ही ये सौभाग्य पा पाते हैं कि उस टैटू को हासिल कर सकें और अगर भाई-बहन साथ लेते तो उनमें लड़ाई होती कि कौन उस चमत्कारी चीज़ का मालिक बनेगा इसलिए उनके बाप, मामू से कह देते भैया टैटू मत देना एक तो लड़ते हैं और फिर ऊपर से पूरे घर में चिपकाये फिरते हैं। लेकिन मैं जो इन डब्बों में देख रहा था ये तो बस ख़ज़ाने का छोटा-सा हिस्सा है। असली ख़ज़ाना गल्ले में है, गल्ले के नीचे वाले ड्रोर में, उसके नीचे वाले में भी है, अन्दर पड़े डब्बों में, मचान में, मोमियाँ जहाँ भरी पड़ी हैं उनके बिल्कुल अन्दर भी। खुली वाली मोमियाँ जो कि गुटके, पुड़ियाँ, किसी बड़े सामान का पैकेट जिसे मामू काउंटर के नीचे जमा कर लेते जब कोई अंडे, चीनी या कोई छोटा सामान और पास का ही ग्राहक आता तो उसे उसमें ही सामान दे देते बाक़ी के लिए वही अपनी मोमियाँ दो तरफ़ से हाथ घुसेड़ने वाली।

ये सब ख़ुफ़िया जगह मुझे पता तो हैं लेकिन इसके लिए अभी इंतज़ार करना होगा वैसे मामू अभी भी कुछ कहेंगे नहीं अगर मैं दुकान में घुस जाऊँ लेकिन ख़ुद से अच्छा नहीं लगता कुछ दिन बीत जायें फिर किसी दिन दोपहरी में हाथ साफ़ किया जाये। लेकिन ऐसा इंतज़ार तब नहीं होता जब टनटोला भी नानी घर आया हुआ होता तब तो तुरंत धावा बोलना पड़ता।

कुछ चिपकाने वाले तो कुछ चमकीले तो कुछ खेलने वाले कुछ बहुत छोटे तो कुछ बहुत बड़े सबको जल्दी-जल्दी अपनी जेब में भरा जा रहा है। मामू सौदा दे रहे हैं और बोल रहे हैं- "बेटा मैं दे दूँगा जाने से पहले, तुम निकल आओ दुकान से, चूहे हैं यहाँ पर और फिर कोई सामान भी गिर जायेगा" सौदा देने में भी दिक्क़त हो रही है क्योंकि दुकान पूरी सामान से भरी हुई है। लेकिन मैं

काउंटर पर रखे डब्बों को भी नहीं बख़्शता मामू के लाख कहने पर भी कि अभी तो डब्बा फुल है कोई टैटू माँगेगा तो कैसे दूँगा? अरे कह देना नहीं आये इस बार या गुम हो गये कहीं और वैसे भी यहाँ कौन एक टैटू के लिए 2 बूमर लेगा।

जेबों में भरे ख़ज़ाने को लिये चेहरे पर बहुत बड़ी मुस्कान और उससे भी ज़्यादा दिल में ख़ुशी से मस्ता रहा हूँ। वो ख़ज़ाना सीधा बैग में कहीं अन्दर घुसा दिया जाता उन्हें देखे बग़ैर क्योंकि वहाँ मैं एकलौता बच्चा थोड़ी हूँ। उन्हें सीधा घर आकर ही खोला जाता, एक-एक की जाँच पड़ताल की जाती कुछ अपने पास रख लिये जाते तो कुछ स्कूल के बैग में चले जाते तो कुछ घर के सामान, दीवारों पर चिपक जाते। मैं उन टैटूज़ से पॉकिट मनी भी बना लिया करता। बच्चों को चमत्कारी ख़ज़ाना दिखाकर उनके चमत्कार के बारे में बताता तो आधे से ज़्यादा बच्चे उन्हें ख़रीदने के लिए राज़ी हो जाते। जो जितना बड़ा और अच्छा टैटू होता उसका दाम उतना ही बड़ा होता और जो जितना छोटा उसका दाम भी उतना छोटा। उन ख़रीद-फ़रोख़्त से जो बच जाते या यूँ कहें कि बचा लिये जाते वो बहुत ही ज़्यादा अच्छे, दिल के अज़ीज़ कार्ड्स और टैटूज़ होते, वो धीरे से दोपहरी की आड़ में चबूतरे का रुख़ ले लेते और खेल का एक मज़ेदार हिस्सा बन जाते।

गर्म हवा के झोंके कम हो रहे हैं। सूरज बेवकूफ़ अकेले-अकेले मज़े लेता हुआ घूमते हुए जा रहा है। कोई इतना बेवकूफ़ कैसे हो सकता है? रोज़ यहीं सामने निकलता है फिर पागलों की तरह घूम-घूमकर अपने घर भाग जाता है। रोज़ एक जैसा काम कोई कैसे कर सकता है भला? लेकिन नहीं करते तो हैं। मेरे पापा, तुम्हारे पापा, हम सबकी माँ। मैं, तुम, हम सब एक ही दिनचर्या पर तो टिके हुए हैं। तो फिर क्या हम सब ....?

जिस दिन दोपहर की आवाज़ें आना बंद हो जायेंगी। छाँव घूमना बंद कर देगी। कौवे-कबूतर जब तारों से बातें करना बंद कर देंगे। मिट्टी में मेरा नाम लिखना शुरू हो जायेगा। सभी घरों के चबूतरे कहीं ग़ायब हो जायेंगे। तो फिर मैं कहाँ जाऊँगा? क्या करूँगा? अपनी ज़िन्दगी में दोपहर के समय का क्या करूँगा? या फिर सूरज की तरह उसकी अम्मी के बुलावे पर झट से घर में घुस जाऊँगा और ताला लगाकर ख़ुद अम्मी के हाथ में चाबी दे दूँगा और फिर चार बजने का इंतज़ार करूँगा। क्यों, क्या ऐसा होगा? एक जैसी दिनचर्या वाले चक्र

को तोड़ने पर।

बेनाम पेड़ का चबूतरा

घरों के चबूतरों के अलावा और भी चबूतरे हैं जिनसे मोह है। उनमें से एक नानी घर के कोरट के मैदान में बेनाम पेड़ के नीचे वाला चबूतरा है। इस 'कोर्ट' का 'कोरट' नाम कैसे पड़ा नहीं पता यह ज़रूर सुनने में आता है कि किसी ज़माने में यह तहसील थी। लेकिन इसे देखकर लगता बिल्कुल भी नहीं है। कई सारे बिना सरकारी आज्ञा के घर हैं और बाक़ी मैदान और शुरू में घुसते ही ऊँचे पर कुछ कमरे हैं जो किसी सरकारी विद्यालय के प्रिंसिपल के ऑफ़िस की जगह लगती है। जंगली पेड़-पौधे हैं इधर-उधर। पता नहीं यह कोई कोर्ट था भी या सिर्फ़ कुछ सरकारी काम की एक जगह मात्र थी। लेकिन अब तो इसमें सिर्फ़ रात-दिन खेल जमता है।

थोड़ी-सी दूरी पर मैदान के शुरू में एक पेड़ है। उसका नाम नहीं पता लेकिन उसके डंठुल के तोड़ने पर उसमें से सफ़ेद दूध जैसा कुछ निकलता है। इसलिए मैं उसे दूध वाला पेड़ कहता हूँ। पेड़ काफ़ी बड़ा है और उसके नीचे बना चबूतरा भी। मैं बल्लू के साथ अक्सर यहाँ आता हूँ लेकिन सिर्फ़ इस चबूतरे पर बैठने। क्योंकि बल्लू बैट-बॉल खेलता और मैं इस चबूतरे पर बैठकर उस खेल का लुत्फ़ लेता। कई घंटो बैठकर खेल को देखता और सिर्फ़ देखता। इसका यह कारण नहीं था कि मुझे चबूतरा इतना पसंद था कि मैं खेलना नहीं चाहता था। दरअस्ल बल्लू ने कभी मुझसे पूछा ही नहीं खेलने के लिए और मैंने भी कभी उससे कहा नहीं खेलने के लिए क्योंकि मुझे बड़े मैंदानों में खेलने की आदत जो नहीं थी। अपने यहाँ तो छोटे से प्लॉट में खेलता जहाँ गेंद बाहर पहुँचने पर आउट माना जाता जिसकी वजह से लम्बे-लम्बे छक्के और तेज़ रफ़्तार वाली गेंदबाज़ी की आदत नहीं। बे-इज़्ज़ती न हो जाये मेरी इसलिए हर बार उस चबूतरे पर ही बैठा रहता लेकिन दूसरा मन कहता रहता कि एक बार तो बल्लू बोले। कोई नहीं एक बार बे-इज़्ज़ती होगी फिर तो खेल ही लूँगा, अपना जलवा दिखा ही दूँगा। लेकिन अफ़सोस ऐसा कभी हुआ नहीं।

यह चबूतरा सिर्फ़ चबूतरा नहीं है। यहाँ चप्पलें उतार कर बैठना होता है।

क्योंकि चबूतरे पर एक छोटा-सा मंदिर बना हुआ है। टहनियों पर छोटी-छोटी घंटियाँ लटकी हुई हैं। जो मुझसे कह रही हैं कि मुझे बजाओ मुझे छुओ। मैं जैसे ही उन्हें बजाने को होता कि तभी पूजा करने वाली आंटी आ जाती जिनकी थाली में एक दिया, कुमकुम, चावल, बूंदी के लड्डू और कलश होता। वह भगवान की संपत्ति से कुछ फूल तोड़ती और अपनी पूजा की थाल में रख उन्हें ही रिश्वत देती। मैं यह देख हँस देता और सोचता भगवन की बनायी चीज़ को तोड़कर भगवान को क्यों चढ़ा रही हैं। अगर चढ़ाना भी है तो ख़रीद कर चढ़ाओ ताकि किसी की कमाई हो। हाँ यह ज़रूर है कि आंटी रिश्वत देने में मेहनत करती हैं, ऐसे ही नहीं चढ़ा देती हैं, पहले फूलों की माला बनाती हैं फिर भगवन को अर्पित करती हैं।

चबूतरा गोल न होकर चकोर है जैसा कि मेरा घर। जिसका एक कोना दूसरे कोने से बात ही नहीं करता है न जाने क्यों, लेकिन साथ भी रहते हैं बुद्धू कहीं के। चबूतरा लाल रंग से पुता हुआ है जो कि अब काफ़ी फीका पड़ गया है और बहुत-सी जगह से रंग उखड़ भी गया है। लोहे के दरवाज़ों पर रंगने वाला रंग है दीवार वाला नहीं क्योंकि इससे चिकनापन सही आता है जल्दी छुटता भी नहीं है। इसके चारों ओर फूल बिखरे रहते हैं और साथ ही चींटियाँ भी इधर-उधर घूमती रहती हैं। क़तार वाली चींटियों को देखने में मज़ा आता है आख़िर जा कहाँ रही हैं यह और आ कहाँ से रही हैं। उनका कई बार पीछा करता लेकिन चबूतरे की या फिर पेड़ की किसी दरीच में घुस जाती हैं जहाँ से उन पर नज़र नहीं रखी जा सकती उनके ख़ुफ़िया कामों पर। कभी-कभी तो मुझे लगता है कि इन पत्तों से निकलने वाले दूध को यह चींटियाँ ही पीती हैं जिसकी वजह से इतनी ढेर हैं यह। जब पहली बार आया था तो डरा था इस पर बैठने पर लेकिन एक बार बैठा तो पता चला कि यह अच्छी चींटियाँ हैं किसी को कुछ नहीं कहती हैं। कुछ लोग ताश के पत्ते भी खेलते रहते हैं इसी चबूतरे पर तो एक व्यक्ति रोज़ दोपहरी यहीं आकर सोता है। मैं हर बार सोचता हूँ कितना मज़ा आता होगा यहाँ सोने पर पत्तों और घंटियों की आवाज़ की जुगलबंदी सुनते हुए और ठन्डे चबूतरे पर सोते हुए।

मैदान के पीछे वाली दीवार से सटी एक क्यारी भी है जिसमें तरह-तरह के फलों-फूलों और सब्ज़ियों के पेड़-पौधे लगे हैं जिनके आगे डंडे और तार लगा रखे हैं ताकि उन्हें कोई तोड़े न जब कभी अंकल किसी को देख लेते तो वहीं अपने

कमरे से फटकार लगा दिया करते। एक बार मैं, बल्लू और ऊँट यह जोखिम उठाने आये थे क्योंकि हमने खट्टे-खट्टे करोंदों का स्वाद जो चख लिया था जिन्हें खाने में ख़ूब मज़ा आता है। एक दो बार तो चुपके से कई सारे करोंदे तोड़कर ले गये, ख़ुद खाये और लोगों को भी खिलाये। लेकिन एक दिन चोरी पकड़ी गयी मैं बाहर खड़ा अंकल के कमरे की ओर देख रहा था और यह दोनों झाड़ियों में घुसे झट-पट करोंदे तोड़ रहे थे तभी मैंने अंकल को आता देख इन्हें आवाज़ लगायी लेकिन डर के मारे मेरी न ज़्यादा तेज़ आवाज़ लगी और न ही उनके चुलबुले हाथों ने उनके कानों को कुछ सुनने दिया। "कौन है उधर बे? इधर आ साले" अंकल ने तेज़ आवाज़ में कहा। मैं माथे पर हाथ रखे सोचने लगा अब क्या होगा। दोनों अपनी जेबें और हाथ भरे हुए बाहर निकले। "क्यों चोरी करते हो, हैं? कहाँ से आये हो?" "मुन्ने मियां की चोक से" बल्लू ने कहा। "तो क्या मेरे यहाँ से चोरी करोगे, हैं?" आँखें दिखाते हुए अंकल बोले। हम डरने लगे लेकिन अपनी मेहनत को ज़ाया नहीं कर सकते थे इसलिए अभी तक करोंदे जेब और हाथों में सुरक्षित थे। "इधर आ.. तू.. हाँ, लम्बे वाला" अंकल ने ऊँट की तरफ़ इशारा करते हुए कहा। "चल मेरे साथ ऊपर कमरे में।" बल्लू और मैं एक दूसरे की शक्ल देखने लगे अबे यह कमरे में क्यों ले जा रहा है। ऊँट ने ज़्यादा सोचा नहीं और उनके साथ सीढ़ियों पर चल दिया और हम दोनों एक दूसरे की शक्ल देखते हुए हँस भी रहे थे और डर भी रहे थे कि तभी ऊँट अपने हाथ में दो बाल्टियाँ लेते हुए सीढ़ियों से आया। "अरे डरो मत मुच्छड़ ने बाल्टियाँ भरने की सज़ा दी है, घोंचू को नहाना है इसलिए।" तब हमारी साँस में साँस आयी। "सिर्फ़ बाल्टी भरने को कहा है न? नहलाने को तो नहीं कहा न?" मैंने बल्लू को आँख मारते हुए ऊँट पर तंज़ कसा। "वो तो तू नहला दियो, मुझे तो बस बाल्टी भरने को कहा है" नलके का हथ्था चलाते हुए ऊँट ने कहा। एक बाल्टी भरने के बाद ऊँट बोला "यह तुम दोनों भरो।" हम दोनों ने आँखें दिखायी और कहा "बोला किसे है?" "कमीनो! ... भर नहीं सकते करोंदे ले मत लेना एक भी" ऊँट सुस्ताते हुए बोला। उधर वो आदमी जिसे अंकल मजबूरी में कहना पड़ा था ऊपर सीढ़ियों पर धोती बाँधे नंगा खड़ा हुआ अपने छाती के बालों पर हाथ फेरते हुए तेज़ आवाज़ में बोला, "अरे क्या कल तक भरेगा? जाना भी है मुझे, जल्दी भर।" ऊँट ने फ़टाफ़ट दूसरी बाल्टी भी भरी और दोनों को ऊपर कमरे में रख कर आया। फिर जो मैंने और बल्लू ने ऊँट से मज़े लिये पूछो मत। क्या किया

कमरे में? इतनी देर क्यों लगी बाल्टी रखने में, हैं? ऐसे कर-कर के उसकी ख़ूब फिरकी ली जिसकी वजह से हम दोनों को करोंदे कम मिले।

मैदान की बायीं तरफ़ जिधर चौका मारना सबसे आसान होता है उसकी सीमा पर कई घरों के पिछवाड़े हैं जो कि तीन मंज़िला हैं लगभग सब और उनकी खिड़कियाँ मैदान की ओर खुलती हैं। पता नहीं गाँव में तीन मंज़िला और इतने पतले मकान कौन बनाता है। वो खिड़कियाँ किसी दूसरी दुनिया की लगती जिन्हें कोई नहीं जानता जिनसे किसी का सम्पर्क नहीं है। बस उस खिड़की से एक झलक दूसरी दुनिया में देख लेते हैं। कभी कोई बच्चा तो कभी कोई आदमी तो कभी औरत तो कभी कोई लड़की उस खिड़की पर दिखती अपने घर का काम करते हुए तो कभी शाम को खिड़की से मैदान की ओर देखते हुए। जैसे ही लड़की खिड़की पर आती सब लड़के मैच छोड़ उधर देखने लगते और अपनी आँखें भींच के उसका चेहरा देखने की कोशिश करते। एक खिड़की है जिसपर लगभग हर दूसरे दिन वो लड़की आती है। शुरुआत में बल्लू ने चीख़ के उसे कुछ कहा और उधर से उस लड़की ने कुछ, फिर उसने मेरी ओर उँगली की तो मैं शर्मा गया और झिझक गया जान न पहचान मेरी ओर उँगली क्यों। बल्लू ने तेज़ आवाज़ में कहा-"भाई है"। फिर बल्लू ने कुछ कहा और इशारे करे जिससे वो हँसी और चली गयी। फिर क्या फिर तो मैं पता नहीं कब उसका उस खिड़की पर इंतज़ार करने लगा मुझे ख़ुद पता नहीं चला। वो जब-जब आती कोई न कोई लड़का चीख़कर कुछ कहता वो उधर से कुछ इशारे करती इधर से कुछ इशारे होते। एक दिन वो मेरी तरफ़ देखकर कुछ कहने लगी इशारों से, मुझे कुछ समझ नहीं आया और मैं हड़बड़ा भी गया। फिर अक्सर वो मुझसे इशारों में कुछ कहती और मैं भी कुछ-कुछ इशारे करना सीख गया। लेकिन वो जब कभी मेरे और बल्लू के सिवा किसी और को देखती या उससे इशारे में कुछ कहती तो मुझे बड़ा अजीब-सा लगता। पता नहीं क्यों अजीब लगता लेकिन लगता मानो उसे सिर्फ़ मुझसे ही बात करनी चाहिए किसी और से नहीं यहाँ तक की बल्लू से भी नहीं, उसे मत बताना यह बात। हमने कभी भी उसकी गली जानने की कोशिश नहीं की बस उसी मैदान से दिखने वाली खिड़की से बातें होतीं। एक बार तो कई दिन के लिए नहीं दिखी खिड़की पर, मेरा चबूतरे और खेल में बिल्कुल भी मन नहीं लगा। मैंने बल्लू से कहा भी "साइकिल से चलते हैं देखने कौन-सी गली में घर है, बस घर देख के आ जायेंगे" लेकिन बल्लू ने पता नहीं

क्यों मना करा और बोला "कभी चले भी मत जइयो उधर।" मुझे उसकी बात बिल्कुल भी समझ नहीं आयी। कुछ दिन बाद वो फिर दिखी उसी खिड़की पर, मेरी आँखें और चेहरा खिल उठा लेकिन उसके चेहरे पर वो चमक नहीं थी जो अक्सर देखने को मिलती है। मैंने हाथ भी दिखाया लेकिन उसने मेरी तरफ़ नहीं देखा बस मायूस-सी बैठी रही मैं समझने की कोशिश ही कर रहा था कि तभी उसकी माँ आयी और उसे कुछ बोलकर और आँखें दिखाकर खिड़की बंद कर दी। मुझे ऐसा लगा जैसे मैंने कोई गुनाह कर दिया या पता नहीं क्या कर दिया जिसका मुझे ख़ुद इल्म नहीं, जिसकी वजह से उसकी माँ ने इतनी पैनी आँखों से इस ओर देखा और तेज़ से खिड़की बंद कर दी। अब मेरी ख़ैर नहीं वो आंटी अब घर आयेंगी ज़रूर। मैं पूरा दिन यही सोचता रहा। ख़ैर ऐसा कुछ भी नहीं हुआ लेकिन उस दिन के बाद वो लड़की जिसका नाम 'खिड़की वाली लड़की' था वो फिर कभी उस खिड़की पर नहीं दिखी। आँखों में चमक और होंठों पर बड़ी-सी मुस्कान लिये जो इशारों में बातें किया करती थी।

6
तीन तारे

मुलायम कुत्ता

मैं कभी भी पुरानी तस्वीरें देखता हूँ तो उसमें अपनी और छोटी बहन की तस्वीरें कम पाता हूँ। ऐसा लगता है अम्मी-पापा बड़ी बहन को हम दोनों से ज़्यादा मुहब्बत करते हैं। कभी इस बात का दुःख होता तो कभी इस बात की ख़ुशी। ख़ुशी इसलिए क्योंकि मुझसे ज़्यादा बड़ी बहन को प्यार करते हैं ऐसा मुझे तस्वीरें कम होने की वजह से लगता। लेकिन कहीं न कहीं वो बात सच भी थी क्योंकि बात सिर्फ़ तस्वीरों की नहीं थी, खिलौनों की भी थी जो कि बाजी के पास सबसे ज़्यादा थे बचपने से लेकर अब तक के, सबसे ज़्यादा। उन सब खिलौनों में एक खिलौना बहुत प्यारा था हम सब का और वो था सफ़ेद कुत्ता, बहुत ही ख़ूबसूरत और मुलायम।

जैसे हम इंसानों को चोट लगती है और उनके निशान वक़्त की छाप लिये हमारे शरीर से जुड़े रहते हैं ठीक उसी तरह खिलौनों के साथ भी हादसे, चोटें लगती हैं ताकि उन्हें भी उनके हादसे, ग़लतियाँ याद रहें जिसे वो काफ़ी वक़्त बीतने के बाद किसी महफ़िल में उसके बारे में बात करके ठहाके लगा सकें तो कभी उस पल को याद कर सकें। कुछ ऐसी ही छाप या हादसा हम सबके चहीते सफ़ेद कुत्ते उर्फ़ डोगी के साथ हुआ। सोफ़ा दीवार से सटा हुआ था। उसके ऊपर एक बल्ब था 100 वाट का, उसके ऊपर मच्छरों को मारने के लिए एक गहरे नीले रंग की टिक्की को बल्ब पर रख दिया जाता, बल्ब उसे अपने शरीर की गर्मी से तपाता रहता और मच्छरों के बेहोश होने की प्रक्रिया शुरू हो

जाती। कुछ 10-15 मिनट बाद मैं अपनी बेल्ट उठाता और उसे पटा-पट फ़र्श पर मारता चला जाता और कुछ ही मिनटों में सारे मच्छर मर जाते। क्योंकि गुड नाईट की टिक्की से मच्छर बेहोश होकर ज़मीन पर गिर तो जाते थे लेकिन अगर उन्हें मारो नहीं तो वो टिक्की का असर ख़त्म होने के बाद फिर उठ खड़े होते बिल्कुल अंडरटेकर की तरह और फिर सोते हुए हमारा ख़ून चूसते इसीलिए मैंने ये तरकीब निकाली जिसमें वक़्त भी कम लगे और सब मर भी जायें।

ऐसे ही एक रात वो मुलायम कुत्ता भूल से उसी सोफ़े पर सो गया और रात के अचानक 12 बजे उसे कुछ महसूस हुआ, उसे गर्मी का एहसास हुआ, बहुत तेज़ गर्मी। वो एक दम सोफ़े से उठ खड़ा हुआ और इधर-उधर चिल्लाते हुए घूमने लगा बिना पैरों की आवाज़ करे ताकि किसी को पता न चले की खिलौने भी चल-फिर सकते हैं, बात कर सकते हैं। वो शायद दर्द के मारे रोया, चीख़ा भी था और फिर कुछ देर बाद अपनी जगह जाकर चुपचाप से लेट गया। उस दिन इतवार था। वही इतवार जिस दिन ये सोचकर रात को लेटा जाता है कि सुबह ख़ूब देर तक सोयेंगे ताकि हफ़्ते भर की सारी कसर निकाल लें और छुट्टी होने का पूरा-पूरा फ़ायदा उठायें लेकिन मजाल है जो ऐसा हो जाये। स्कूल जाने वाले दिन कभी भी उठने का मन नहीं करता लेकिन इतवार वाले दिन किसी न किसी वजह से सुबह 7 बजे आँख खुल ही जाती है और फिर बहुत तेज़ गुस्सा भी आता अपनी नींद पर। आज 7 बजने में भी कुछ मिनट रह गये थे कि अध-खुली नींद में कुछ रोने की आवाज़ आने लगी और कुछ बुदबुदाने की भी। नींद और इतवार को खरी-खोटी सुनाकर न चाहते हुए उठकर देखा तो वो बाजी थी जो हल्की-हल्की आवाज़ में अपने डोग्गी को गोद में लिये उसे एक हाथ से सहला रही थी तो दूसरे हाथ से अपने आँसुओं को पोंछ रही थी। मैं कुछ बोला नहीं उठकर पास गया और रोने की वजह को तलाशने लगा। गाल लाल नहीं है इसका मतलब चाँटा नहीं पड़ा। कहीं चोट भी नहीं दिख रही है। तो फिर माजरा क्या है? मैंने जैसे ही कुछ पूछने के लिए एक शब्द बोला 'बा' तभी बाजी ने अपना दायाँ हाथ जो कि कुत्ते को सहलाने में मसरूफ़ था उससे हटाया तो बाजी का 'जी' मेरे मुँह में ही रह गया क्योंकि मुझे बाजी के रोने की वजह भी मिल गयी। वह कुत्ता जो सफ़ेद और मुलायमता का प्रतीक था हमारे सारे खिलौने के बीच, अब उसने वो ख़ूबसूरती खो दी थी। अब वहाँ एक आयत आकार का काला जला हुआ निशान बन चुका था। ठीक उसकी पीठ के ऊपर जहाँ सबकी

नज़र उसे देखते ही पड़ती है। मुझे भी झटका लगा। इतना ख़ूबसूरत था बेचारा जल गया और वो भी एक टिक्की से। ये शायद दुनिया का पहला खिलौना होगा जो गुड-नाईट की टिक्की से जला होगा। कल की रात हमारी गुड-नाईट ने बैड-नाईट कर दी थी, ख़ासकर बाजी की। उसे देखने के बाद मैंने किसी से कुछ नहीं पूछा कि कैसे? किसने? आख़िर हुआ कैसे यह? कुछ नहीं बस चुपचाप मुँह धोने चला गया।

शक की सुई सबकी तरफ़ नहीं सिर्फ़ हम दोनों पर ही घूमी, छोटी बहन और मुझ पर। काफ़ी सवाल जवाब हुए लेकिन फ़ैसला नहीं निकला फिर वारदात को न्यायालय, उच्च न्यायालय भी ले जाया गया। फिर और मुश्किल सवाल किये गये। "कल रात कहाँ थे?", "डॉगी किसके पास था आख़िरी बार?", "आख़िरी में कौन सोया?", "उसके साथ कौन खेल रहा था?", "सोफ़े पर किसने छोड़ा उसे?" इस तरह के सवालों का सामना मुझे और छोटी बहन को करना पड़ा। लेकिन मुजरिम नहीं पकड़ा गया। सारे जवाब सही निकले और उनमें कोई सुराग़ नहीं था मुजरिम को पकड़ने का। हम ख़ुद चाहते थे मुजरिम पकड़ा जाये आख़िर पता तो चले किसने इतनी बड़ी भूल की जिससे प्यारा मुलायम कुत्ता अब उतना मुलायम नहीं रहा। लेकिन मुजरिम का कुछ पता नहीं चला।

कुछ दिन बीत जाने के बाद ख़बर आयी कि वो कुत्ते की मालकिन की भूल थी जिसे वो उस दिन टी.वी. देखते हुए सोफ़े पर सुला कर चली गयी थी। यह जानकर मालकिन ख़ूब रोयी और हमें भी दुःख हुआ कितना दर्द हुआ उस रात डोग्गी को चुपचाप सारा दर्द सह गया उफ़ तक नहीं की।

मेरी ग़लती-तुम्हारी ग़लती

हम लोग भी कितने अजीब होते हैं जब ख़ुद कोई ग़लती होती है तो अपने आप को डाँटते या मारते नहीं हैं और न ही रोते हैं और वहीं किसी और से वही ग़लती हो जाये तो आसमान सर पर उठा लेते हैं।

मैं कई बार पतंग के चक्कर में छतों से गिरता तो घुटना छिलता और हाथ में चोट आती, मैं कुछ टेढ़ी-मेढ़ी शक्लें बनाता लेकिन रोता नहीं क्योंकि अपनी ग़लती की वजह से गिरा न इसलिए। वहीं दूसरी तरफ़ कभी किसी चीज़ के पीछे

लड़ाई हो रही होती और बड़ी बहन अगर हाथ भी लगा देती तो मैं भांड की तरह रोने लगता और बिना बहन को डाँट पड़वाये चुप नहीं होता। ठीक इसी तरह छोटी बहन भी करती लेकिन एक स्तर आगे। क्योंकि वो सबसे छोटी है तो उसे सब करने की छूट मिली हुई है फिर चाहे बात मुझे गिलास फेंक कर मारने की हो या अपने चुड़ैल जैसे नाख़ुनों से घायल करने की। मैं गिलास या फिर जूते पॉलिश करने वाला ब्रश तो उठा लेता और धमकी भी देता लेकिन मार नहीं पाता, आगे का सोचकर रुक जाता। लेकिन वो न दायें सोचती न बायें जो हाथ में होता झट से मार देती।

एक दिन अम्मी और मैं दस्तरख़्वान पर दोपहर का खाना लगा रहे थे तभी अम्मी से धोके से ढेर सारी दाल गिर गयी। मैंने अम्मी की तरफ़ देखा और कुछ सोच कर बोला-"अम्मी अब आप को कौन डाटेगा? हमें तो आप बहुत डाँटती हैं।" अम्मी मन ही मन हँसी और कपड़ा लाकर दस्तरख़्वान पोंछने लगीं। तब मुझे एहसास हुआ कि हम हमारी ग़लती को तो ग़लती मानकर माफ़ कर देते हैं अपने आप को लेकिन सामने वाली की ग़लती को ग़लती नहीं मानते। मेरे सर पर कम से कम 4-5 चोटें ऐसी लगी हैं जिन्हें साफ़-साफ़ देखा जा सकता है बाक़ी कम दिखायी देने वाली तो और भी हैं। ये सारी चोटें कभी ज़ीने से गिरने से, तो कोई छत से कूदने पर, तो कभी खेलते हुए और न जाने कैसे-कैसे लगी हैं। लेकिन एक और चोट है निशान वाली वो मेरे दायें तरफ़ माथे पर है, ये छोटी बहन ने अपनी निशानी छोड़ी है। तब मैं नानी घर में तख़्त पर स्लैब के नीचे लेटा हुआ था और बहन स्लैब की सफ़ाई कर रही थी, मैं अपनी दुनिया में खोया हुआ था पता नहीं कहाँ लेकिन खोया हुआ ज़रूर था। तभी मुझे धम्म से एक चीज़ ने उस खोये हुए से जगाया। वो एक चीनी-मिट्टी का गुलदस्ता था और वो भी पुराने ज़माने का ख़ूब मोटा और मज़बूत। धन्न देनी से मेरे माथे की दायीं ओर गिरा और उसके दो टुकड़े हो गये। मैं बिलबिलाता हुआ तख़्त से खड़ा हुआ, इतने में सब अपना काम छोड़कर आ गये। मुझे पता नहीं चल पा रहा था कि क्या गिरा है और कहाँ गिरा है इसलिए हाथ चोट के आसपास घाव को टटोल रहे थे और नज़रें उस चीज़ को जिससे ये चोट लगी थी। अम्मी ख़ून-ख़ून कर ऐसे रोने लगी जैसे उन्होंने पहली बार ख़ून को देखा था। उधर पापा सबके सामने छोटी बहन को डाँट रहे थे। तभी मैं बीच में बोल पड़ा चोट को टटोलता हुआ, "अरे धोके से गिरा है डाँट क्यों रहें हैं आप।" न जाने कहाँ से मेरी आवाज़ तेज़ हो गयी और

न जाने कब ये अल्फ़ाज़ मेरे मुँह से निकल गये पता नहीं चला। लेकिन बाद में ज़रूर मैंने अपने आप को दो-चार गाली दीं और बुरा भला कहा। ख़ून अब सही से बहने लगा था बहुत ज़्यादा तो नहीं था लेकिन बहुत कम भी नहीं था। अम्मी हाथ में कपड़ा लिये मेरे माथे पर लगाये थीं और चोट को देखकर हाए अल्लाह-हाए अल्लाह बोले जा रही थीं।

"अरे ज़्यादा चोट नहीं है। बाहर किसी से कहो डाक्टर साहब के यहाँ ले जाये पट्टी करवा लाये।" (किसी ने कहा)

इत्तेफ़ाक़ की बात थी कि बबलू भाई गली से गुज़र रहे थे। किसी ने दालान की खिड़की से उन्हें देखा और आवाज़ लगा दी। मैं सर पर कपड़ा रखे उनके साथ चल दिया। मैदान तक पहुँचा तो मैं डोलने लगा, पहली बार मुझे तारे दिखे, पहली बार मुझे चक्कर आये जो कि मेरे लिए एक नया अनुभव था। कैसे आते हैं चक्कर? कई बार सोचा था क्या होता होगा उस वक़्त और आज वो साक्षात् दर्शन दे चुके थे। बबलू भाई ने मुझे सँभालने की कोशिश की और मैं भी उनसे लिपटकर सँभलने की कोशिश करने लगा। साँप जैसे पेड़ से लिपट जाता है ठीक मैं भी उसी तरह उनसे लिपट गया लेकिन हाथ छूटे जा रहे थे। तभी उन्होंने मामू को आवाज़ दी जिनकी दुकान वहीं मैदान में है। तब तक मैं धूल चाट चुका था। मैं मौत के पास चला गया था मुझे ऐसा लगा। मैं हैरान था भला कोई बेहोश होकर भी मौत को गले लगा सकता है? लेकिन फिर भी मुझे लगा जैसे मैं मर गया हूँ। मैं कुछ मिनटों के लिए उसकी आग़ोश में लेटा रहा तभी कुछ हल्की पानी की बूँदें आँखों पर पड़ीं तो देखा कि दुनिया से तो मैं केवल पाँच सेकंड के लिए अनुपस्थित था। दोनों ने मुझे उठाया दुकान पर ले जाकर पानी पिलाया और फिर क्लीनिक की ओर रुख़ करा। मैंने देखा ये तो उनकी दुकान पर ले जा रहे हैं जिनका घर नानी के घर के बग़ल में है। जिनसे हम लोग कभी बात नहीं करते हैं। हाँ लेकिन जब कोई गुज़र जाता तो जनाज़े पर ज़रूर जाते। बस इतना ही रिश्ता था हमारा उनके साथ। वो जिसके क्लीनिक ले जा रहे थे वो उनका सबसे बड़ा लड़का था। मैं थोड़ा-सा हिचका फिर सोचा मेरी थोड़े ही लड़ाई हुई है। और मैं उनके छोटे लड़के के साथ बैट-बॉल भी तो खेल लेता हूँ कभी-कभी, खेलता क्या हूँ अब वो दूसरी टीम में होता है तो मैं क्या करूँ कह तो सकता नहीं हूँ कि इसे मत खिलाओ या मैं नहीं खेलूँगा। तो यही सोचकर मैं क्लीनिक में चला

गया। उन्होंने देखते ही पूछा महजबी के लड़के हो? बबलू भाई ने हाँ में सर हिलाया क्योंकि शायद उनके मुँह में पटेल की पुड़िया चल रही थी। बड़े प्यार से उन्होंने मेरी पट्टी की, दवाई दी और बिना अपनी फ़ीस लिये कहा दो दिन बाद फिर पट्टी करवा लेना, ज़ख़्म ज़्यादा नहीं है लेकिन उसे खुला और गीला मत छोड़ना। मैं सलाम कहकर घर आ गया। सबने पट्टी देखी लेकिन ये नहीं पूछा कि कहाँ से करवाई क्योंकि उन्हें पता था हम लोग हमेशा ख़ान डॉक्टर से ही करवाते हैं। ख़ान तो ये भी थे लेकिन यह वो वाले ख़ान डॉक्टर नहीं थे। मैं उस दिन एक और नयी चीज़ से परिचित हुआ वो था 'हल्दी का दूध'। जिसे छोटी बहन लिये खड़ी थी। मैंने सोचा इतना टी.वी. में दिखाते हैं अच्छा ही होगा, दूध वैसे भी मुझे बचपन से पसंद है। पिया तो सोच लिया कि इसे तो कभी नहीं पियूँगा उस रात को, यह भी कोई दूध है।

उस दिन कई लोगों से कई ग़लतियाँ हुईं। छोटी बहन से पॉट का गिरना, पापा का डाँटना, मेरा चिल्लाना और बबलू भाई का ख़ान डॉक्टर साहब के यहाँ न ले जाना। लेकिन उस दिन सब लोगों ने दूसरे की ग़लती को अपना बना लिया था।

ओरियन

अपना घर होने का सबसे बड़ा फ़ायदा होता है कि वो अपना होता है और उससे बड़ा फ़ायदा होता है कि आपके पास छत होती है जहाँ आप जो चाहे कर सकते हैं। पतंग से लेकर, सर्दी की दोपहरी में अकेले बैट-बॉल खेलना, गन्ना खाना, बारिश के मज़े लेना और भी बहुत कुछ लेकिन इन सबके साथ एक और चीज़ है जिसमें बहुत ज़्यादा मज़ा आता है और वो है गर्मियों में छत पर पलंग डालकर सोने में और तब तो बहुत जब ठंडी-ठंडी हवा चलती हो। शाम को पौधों में पानी डालकर पलंग बिछाये जाते ताकि ठंडे हो जायें। नहीं तो गर्मी के शोले निकलेंगे बिस्तर और पलंग से, अगर रात को सोते वक़्त ही बिछाये तो। काम बँटा रहता, एक जना पलंग निकालता तो एक बिस्तर बिछाता तो एक मच्छरदानी लगाता। मेरा काम पलंग बिछाना था क्योंकि पलंग भारी होते थे और बाक़ी के दो काम बहनों में बँट जाते। पलंग पर बिस्तर लगने के थोड़ी देर बाद उन पर लोट-पोट हुआ जाता, खेला जाता जब तक कि अँधेरा न होने लगे

 बंदर

जैसे ही सूरज शर्माकर घरों की आड़ करके छुप जाता वैसे ही हम लोग धड़पड़ नीचे भागते टी.वी. के रिमोट के लिए। रिमोट जिसके हाथ आ जाये समझो उस रात के लिए उसी का राज। वैसे राज भी क्या जहाँ 3 महिलाएँ हों और 2 पुरुष, जिनमें से एक काफ़ी रात में आते हों। तो मेरा रिमोट पर विजय प्राप्त कर लेने से भी कुछ फ़ायदा नहीं होता। लगता वही घिसा-पिटा सा कोई नाटक जिनमें से कुछ एक-आद तो अब मुझे भी अच्छे लगने लगे थे या फिर कहें कि उन्हें अच्छा लगवाने लगा था अपने आप को रोज़ उन्हें देख-देखकर।

फिर रात का खाना खाया जाता उन्हीं घिसे-पिटे नाटकों को देखकर और आँखें नींद के नशे में चूर होने लगतीं। लेकिन कोई ऊपर सोने कैसे जाये जब तक माँ, पापा और बड़ी बहन में से कोई नहीं जायेगा तब तक मैं और छोटी बहन नहीं जा सकते डर के मारे और उसके लिए हमें आधे नींद के नशे में टी.वी. देखना पड़ता जिस पर माँ बार-बार बोलती रहती सोना नहीं इधर, ऊपर चलके सोना, "बस ख़त्म होने वाला है नाटक फिर चलेंगे"। लेकिन हम तो ऊँघते-ऊँघते सो जाते। तो माँ नाटक छोड़ हमें नींद से उठाते हुए कहती ''यह नहीं होता कि दोनों जाकर सो जाएँ, भूत खा जायेगा न इन लोगों को तो, अब दोपहर में देखना होगा ये वाला नाटक'' सुनते हुए हम नींद में ज़ीने चढ़ते हुए अपने पलंग पर सो जाते और सुबह उठकर माँ से पूछते कि मैं कब ऊपर आया? ये सिलसिला अक्सर चलता।

विज्ञान की किताब में पढ़ा था 'ओरियन बेल्ट' के बारे में ज़्यादा तो कुछ याद नहीं रहता था बस ये मालूम था कि जो तीन तारे एक साथ रहते हैं उन्हें 'ओरियन' कहते हैं। जब भी रात में छत पर पलंग पर सोने लेटते तो रोज़ उन तीन तारों को देखते और एक-दूसरे से कहते देखो वो रहे हम लोग और माँ को भी दिखाते उन तारों को। चाहे चाँद निकले न निकले लेकिन वो तीन तारे ज़रूर निकलते थे। पता नहीं किस बेवकूफ़ ने कहा था 'तीन तिगाड़ा काम बिगाड़ा' जबकि सारे मन्त्र तीन बार बोले जाते हैं। वज़ू में सारी चीज़ें तीन बार करी जाती हैं। ॐ का उच्चारण भी तीन बार किया जाता है और तो और दुनिया भी तीन तत्वों से बनी है इलेक्ट्रॉन, प्रोटोन और न्यूट्रॉन (पॉज़िटिव, नेगेटिव और न्यूट्रल) जिन्हें हम ब्रह्मा, शिव और विष्णु कहते हैं। तो फिर ये किस इंसान ने कह दिया कि तीन तिगाड़ा काम बिगाड़ा? अगर आपको पता हो तो मुझे ज़रूर बताइयेगा।

मज़ा तो तब आता जब आधी रात को किसी और दुनिया में मसरूफ़ होते हम सब और एकदम से गाल, आँखों पर टप-टप, मोटी-मोटी बूँदें गिरने लगतीं। सब अपना मुँह चादर में ढँक लेते लेकिन बूँदें तेज़ होने लगतीं। फिर सब अपनी-अपनी चादर से मुँह निकालकर अपनी नाँव के संचालक (माँ) को देखते हैं। अगर उनका इशारा आ जाये तो धड़पड़ भागा जायेगा। कई बार ऐसा होता कि हम लोग नीचे चले जाते कमरों की सड़ी गर्मी में और जब पता चलता कि बारिश हुई ही नहीं, थोड़ी देर होकर रुक गयी तो अफ़सोस करते और सोचते अगली बार जल्दी नहीं जायेंगे नीचे। आज सब जल्दी नीचे नहीं जाना चाहते थे इसलिए कोई तकिये से तो कोई चादर से, मुँह ढँककर उल्टा सोने की जह्दोजेहद में था कि बस थोड़ी देर और बर्दाशत कर लें फिर बारिश रुक जायगी। उस वक़्त न जाने कहाँ से सब का दिमाग़ शिल्पकार की तरह चलने लगता कि किस तरह छत बनायी जाये कि हवा भी ख़ूब आये और बारिश भी न पड़े। लेकिन यह तो थी महँगी जुगाड़ अब असलियत पर आया जाये। कोई देसी जुगाड़ की जाये ये सब सोच ही रहे होते हैं कि पापा नाँव से बाहर आते हैं और अपनी चादर को नाँव के ऊपर लगी मच्छरदानी पर डाल देतें हैं। और हम सोचते हैं कि चलो कुछ सुकून मिला टप-टप से। लेकिन ये क्या? ये तो और तेज़ हो रही है। संचालक ने इशारा कर दिया है। दौड़ा जाये, तेज़ बिल्कुल तेज़ लेकिन कोई चादर, तकिया, दरी ज़मीन पर गिरा तो फिर आपकी ख़ैर नहीं। नाँव का संचालक आपकी फटकार लगायेगा इसलिए ध्यान से, हाँ आपको नींद के नशे में भी ध्यान देना पड़ेगा। तो चलिए और सरपट सामान रखिये नहीं तो कहीं आख़िरी में रह गये तो कमरे का ताला लगाकर आना पड़ेगा जो कि सबसे कठिन काम है क्योंकि आप अकेले रह जाते हैं और फिर आपको सारे ज़ीने के दरवाज़े भी बंद करके आने होते हैं इसलिए हर कोई आख़िरी में आने के लिए कतराता है। लेकिन नींद टूटकर फिर सोने का मज़ा भी अलग होता है फिर तो और भी सुकून की और तेज़ नींद आती है नीचे। ठीक वैसे ही जैसे कहीं दिन भर घूमने से थककर चूर होने के बाद बिना कपड़े बदले नींद आती है।

अब वो तीन तारे नहीं निकलते आसमान में। जी मैं सच कह रहा हूँ वो अब नहीं निकलते। हमारा घर बिक चुका है या फिर यूँ कहें कि बेच दिया गया है। क्योंकि वक़्त करवटें ले चुका था। आख़िर कब तक पलंग और उन तीन तारों से आँख-मिचोली खेली जाती? किसी न किसी दिन तो धप्पा होना ही था।

वो हो चुका था। बड़ा भयावह था वो धप्पा। अब हम घर से फ़्लैट में आ चुके थे जहाँ वो पलंग, छत, बिस्तर, ठंडी- ठंडी हवा, टप- टप बूँदें, सर्दियों में तसले में भूनी गयी शकरकंदी, बरसात में नहाना, पतंगें उड़ाना, बैट-बॉल खेलना और भी न जाने क्या-क्या सब कुछ कहीं पीछे छूट चुका था। इतना कि जैसे वो हमारा अतीत कभी था ही नहीं। वो सब कुछ केवल एक सुखमय कल्पना हो और कुछ नहीं।

अब आसमान में कभी-कभी केवल दो तारे निकलते हैं तीन नहीं। वो ओरियन बेल्ट टूट चुकी थी बिल्कुल मेरी पैंट की बेल्ट की तरह जिसे जोड़ा नहीं जा सकता लाख कोशिश के बावजूद। क्या इन दो तारों के बारे में भी कुछ लिखा हुआ था मेरी विज्ञान की किताब में? अगर हाँ तो फिर मुझे मत बताना क्योंकि फिर कुछ वक़्त बाद आसमान में केवल एक तारा रह जायेगा और फिर वो ओरियन से ध्रुव तारे में तब्दील हो जायेगा। वैसे आप लाख कोशिश कर लें ओरियन तारों को बचाने की लेकिन यह तो होना ही होता है क्योंकि बहनें होने का सबसे बड़ा नुक़्सान बस एक यही होता है कि वो कहीं किसी दूसरी आकाशगंगा में चली जाती हैं अपना सौरमंडल बनाने के लिए।

7
भेड़ों का शहर

एक समय की बात है, जब जंगल में तरह-तरह के जानवर रहा करते थे। सब हँसते थे, खेलते थे। अपने अंगों और मानसिक शक्तियों के अनुसार नयी-नयी चीज़ें खोजा करते थे। नये-नये कारनामे किया करते थे, जिस कारण जंगल अतरंगी जानवरों का ख़ूबसूरत जंगल दिखा करता था। लेकिन वहीं दूसरी तरफ़ कुछ जानवर ऐसे भी थे जो नयी-नयी चीज़ें कम किया करते और हमेशा झुंड में रहा करते, वो थे 'भेड़'। वो ऐसा इसलिए करते ताकि शेर से बचा जा सके। हालाँकि शेर से बचना तो नामुमकिन जैसा खेल था लेकिन उन्हें ऐसा लगता था कि हम सब एक साथ रहेंगे तो शेर से बच जायेंगे।

बंदर अक्सर पेड़ पर चढ़कर शेर की निगरानी किया करते थे और साथ ही भेड़ों का झुंड भी आते-जाते देखा करते थे। जंगल में जब भी शेर शिकार करने के लिए निकलता तो बंदर सबको ख़तरे का संकेत दे दिया करते। हर बार शेर को छोटे-मोटे शिकार से ही पेट भर कर जाना पड़ता। जिन तक बंदर का संकेत नहीं पहुँच पाता और जो फुर्तीले नहीं होते वही अक्सर शेर का शिकार बनते लेकिन शेर को उससे संतुष्टि नहीं मिलती। बंदर को हर बार शाबाशी मिलती शेर से आगाह करने के लिए। लेकिन बंदर का पेट शाबाशी से नहीं भरता। उसे खाने के लिए तरह-तरह के फल-सब्ज़ियाँ मिलतीं जिससे उसे अच्छे फल-सब्ज़ियों को ढूँढने के लिए मशक़्क़त नहीं करनी पड़ती। लेकिन अब उसका मन सिर्फ़ इन फल और सब्ज़ियों से भी नहीं भरता, उसे चाहिए थी एक और चीज़ और वो थी भरपूर नींद। बंदर को दोपहर में सोने की लत थी। लेकिन शेर की निगरानी के

लिए उसे पूरा दिन जागना पड़ता फिर भी वो कैसे न कैसे करके शेर के आने के वक़्त जग जाया करता। उसका मन जागने का बिल्कुल भी नहीं करता लेकिन वो भी क्या करे इतनी शाबाशियाँ और फल-सब्ज़ियाँ जो मिलती थीं। उनकी ख़ातिर बंदर को न चाहते हुए भी उठना पड़ता था, अपनी नींद का त्याग करके।

लेकिन अब बंदर इस काम से थक गया था और वो सुकून से सोना चाहता था, आराम करना चाहता था जब उसका मन चाहे तब। और फिर शेर से बचने के लिए सिर्फ़ उनकी बिरादरी ही क्यों ये ज़िम्मा उठाये अपनी नींद का बलिदान देकर। इसके लिए उसने एक जुगत लड़ाई और पूरे जंगल में सभा का ऐलान कर दिया। अगले दिन सारे जानवर हँसते-खेलते सभा में आ पहुँचे। बंदर ने गले की ख़राश को ठीक किया और सबको संबोधित करते हुए बोलना शुरू किया।

''देखिये प्यारे जंगलवासियों जैसा कि हमें पता है कि हमारे जंगल को सिर्फ़ और सिर्फ़ शेर से ख़तरा है और उससे बचने के लिए हमारी पुश्तें इन पेड़ों पर चढ़कर निगरानी करती आ रही हैं और हम भी उसी सिलसिले को निभा रहे हैं, काफ़ी अरसे से।'' बंदर ने अपनी आवाज़ को थोड़ा और बुलंद करते हुए कहा, ''लेकिन अब से ऐसा नहीं होगा।'' यह सुनते ही सभा में हलचल मच गयी। सब जानवर आपस में कुछ न कुछ बोलने लगे। हैरत में पड़ गये कि आख़िर इस बंदर को हुआ क्या है। ख़रगोश ने फुसफुसाते हुए कहा, ''हम सबको ज़िंदा रहना है या नहीं?'' हिरन ने तेज़ और बुलंद आवाज़ में अपनी बात कही, ''यह सरासर ग़लत फ़ैसला है, इससे पूरे जंगल के वासियों का नुक़्सान होगा।'' इसी तरह हर कोई अपनी बात रखने लगा। तभी बंदर ने हँसते हुए कहा, ''देखिये-देखिये मेरे प्यारे दोस्तों, इस जंगल के वासियों, आपको क्या लगता है अगर मैंने ऐसा कहा है तो उसके पीछे कोई वजह नहीं होगी क्या? और फिर उसका उपाय भी नहीं होगा क्या? मेरे पास दोनों हैं, आप बेफ़िक्र रहिये।''

''देखिये जैसा कि आपको पता है हमें सारा दिन जागना पड़ता है और सारा जंगल जब चाहे तब सो सकता है, ख़ासकर दोपहर में। दरअस्ल कभी-कभी उस वक़्त हमारी भी आँख लग जाती है।'' यह सुनकर फिर से सभा में हलचल मच जाती है। ''देखिये-देखिये पहले पूरी बात सुनिये फिर जो मन चाहे बोलियेगा।''

''तो ऐसे में क्या पता किसी दिन हम सब बंदर सोते रह जायें और भगवान

न करे कि शेर आ जाये तो हमारे भाई-बहनों के साथ क्या होगा? छोटे-छोटे बच्चे हैं, बुजुर्ग हैं, नौजवान बेटियाँ हैं, औरते हैं। बताइये भला क्या होगा फिर।" सबके माथे पर शिकन, सब सोचने लगे हाँ बात तो सही है, ये तो हो सकता है। यह बंदर तो कभी भी सो सकतें हैं। हम अपना जीवन इनकी नींद पर क्यों निर्भर करें। तभी उधर से ज़ेबरा की आवाज़ आयी "वो सब तो ठीक है भाई लेकिन फिर हम शेर से कैसे बचेंगे?"

बंदर ने टेढ़ी हँसी हँसते हुए कहा, ''अरे इसका भी उपाय है मेरे पास। देखो हमारे जंगल के छोर पर भेड़ों का झुंड रहता है। जिसे मैं रोज़ पेड़ से आते-जाते देखता हूँ और वो सब एक साथ एक क़तार में घूमते हैं ताकि उनका कोई शिकार न कर सके। उनकी संख्या देखकर उन पर कोई हमला ही नहीं करता है जिसके कारण उनकी गिनती लगभग उतनी ही रहती है।" सब में फिर हलचल मच जाती है। "हाँ! बात तो सही कह रहा है।" हाथी ने सूँढ़ हिलाते हुए कहा। "हाँ, देखा तो मैंने भी है रोज़ जाते हुए, उतने ही दिखते हैं लगभग।", भालू ने पास खड़ी गिलहरी और कछुए से कहा। तो इसी बीच लोमड़ी ने तेज़ आवाज़ में कहा, "अरे भाई बात तो तुमने सही कही है लेकिन इस बात का हमारी परेशानी से क्या लेना देना?" बंदर पूरे जोश में कहता है, "मुझे एक उपाय सूझा है क्यों न हम सब भेड़ की खाल पहनकर भेड़ों के झुंड में शामिल हो जायें? सब साथ भी रहेंगे और शेर न तो जंगल के छोर पर आता है और न झुंड वालों का शिकार करता है।" ये बात सुनकर सबको थोड़ी तसल्ली-सी हुई लेकिन वहीं पेड़ से पीठ टिकाये सुस्ताते हुए गधे ने कहा, "अरे भाई जंगल को ख़ाली देख शेर सोचेगा नहीं क्या, कि सारे जानवर कहाँ गये? और फिर भेड़ के झुंड से वो शिकार करता है कि नहीं इस बात का क्या सबूत? और जब उसे यहाँ से कोई शिकार नहीं मिलता तो वो कहाँ से अपना पेट भरता है?" ये तीनों सवाल सुनकर सारा जंगल हँसने लगा और फुसफुसाने लगा। इतने में लोमड़ी बोली, "अरे गधे भाई शेर जंगल को ख़ाली देखेगा तो वो दूसरे जंगल भी तो जा सकता है शिकार करने, इससे क्या पता वो ये जंगल ही छोड़ दे और भेड़ के झुंड को तो सबने देखा है रोज़, उतना का उतना ही दिखता है लगभग तो वहाँ शिकार करता है कि नहीं वाली बात ही ख़त्म हो जाती है और रही तीसरी बात, शेर यहाँ से खाना न मिलने पर कहाँ से शिकार करता है, नहीं करता है ये सब तो शेर के सोचने की बातें हैं। वो भूखा और उसकी भूख वही जाने, हम क्यों इतना सोचने लगे?" ये सब सुनकर सब

दंग रह गये। कैसे समझदारी से लोमड़ी ने गधे के सारे प्रश्नों को टूटे हुए तीर में तब्दील कर दिया था। फिर सारा जंगल गधे को मूर्ख कहने लगा और सब उससे कहने लगे कि "ये भी कोई सवाल हैं बेवकूफ़ों वाले" और लोमड़ी की वाहवाही करने लगे और साथ ही बंदर की तारीफ़ें जिसने ये उपाय निकाला था। गधा ये सब देख कर नाराज़ हुआ और शर्म के मारे गर्दन लटकाये वहाँ से चलता बना।

बंदर ने एक ठंडी साँस ली और मन में सोचा, "अब सबको जगाने से पिंड छूटा, एक तो हमें कोई ख़तरा नहीं पेड़ों पर और ऊपर से इनके लिए जागते रहो। माना उसके बदले इज़्ज़त, शाबाशियाँ और महीने भर खाना बिना कहे घर पहुँच जाता था लेकिन इन सबका मैं क्या करूँगा? जब नींद ही नहीं लूँगा, ज़िन्दगी को आरामदायक तरीक़े से नहीं जियूँगा तो इन सबका क्या फ़ायदा। खाना तो मैं ख़ुद भी खा सकता हूँ। इतना सारा तो है जंगल में।" ये सोचते हुए बंदर ने सभा समाप्त की और कल से सबको भेड़ की खाल पहनने को कह दिया।

अगले दिन किसी ने भेड़ से माँगकर, किसी ने छीनकर तो किसी ने भेड़ को मारकर उनकी खाल ले ली और झट-पट उसे पहन लिया। बंदर दूर पेड़ पर लेटा हुआ ये सब देख रहा था और मन ही मन ख़ूब हँस रहा था। उधर सारे जानवर एक ही रंग में ढलते जा रहे थे तो किसी ने इसी बीच कहा,"अरे बंदर लोग नहीं दिख रहे हैं" तो किसी ने इस पर कहा कि "अरे वो तो पेड़ से लटकते हुए कुछ ही पल में आ जायेंगे और वैसे भी कई अर्सों बाद उन्हें दिन में सोने को मिला है इसलिए शायद थोड़ी देर में आयेंगे"। "चलो-चलो जल्दी से खाल ओढ़ लो ढंग से, शेर को भनक भी न पड़े कि इन खालों के नीचे कौन है।" लोमड़ी ने कहा। देखते ही देखते सारा जंगल भेड़ों के झुंड में तब्दील हो गया। लोमड़ी सबसे पीछे खड़े हो चुपके से वहाँ से निकल ली दूसरे जँगल। गधा जंगल छोड़ के चला गया क्योंकि वो लोग उसे मूर्ख-मूर्ख कहकर उसका मज़ाक़ बनाते और अब जंगल में कोई बचा भी नहीं था जिसके साथ वो रहे, बातें करे। बंदर कभी भी उन भेड़ों के झुंड में शामिल नहीं हुआ जो रोज़ एक साथ जंगल के छोर की ओर गश्त लगाया करते और बंदर-सेना आराम से पेड़ों पर सोया करती।

फिर एक दिन शेर अपनी गुफा से निकल के जंगल में शिकार के लिए आया तो देखा सारा जंगल सुनसान पड़ा है। उसे कुछ समझ ही नहीं आया। वह ऊपर बंदर को सोता देख हैरान हुआ। यह तो मेरे बारे में सबको बताता है

और आज ये कैसे सो रहा है। उसे हताशा हुई और गुस्सा भी आया जैसा कि रोज़ आता था और उसने मन में कहा, "आज फिर भेड़ को हिरन या कुछ और जानवर कहकर बच्चों को खिलाना होगा। आख़िर कब तक मैं सिर्फ़ भेड़ का ही शिकार करता रहूँगा?" ये सब बुदबुदाते हुए शेर जंगल के छोर पर चल दिया।

जंगल ख़ाली होने की वजह से अब शेर ने गुफा में रहना छोड़ दिया था और जंगल के बीचोबीच रहा करता था। बंदर जंगल को अकेला देख डर गया और उसको उसके हँसते खेलते साथियों की याद आने लगी। अब उसके पास दिन भर में सोने के अलावा कुछ नहीं बचा था। न कहीं घूमना न कहीं बातें न खाना न ही शाबाशियाँ। जीवन एक दम से नीरस हो गया था और शेरों की संख्या जंगल में बढ़ती देख उसे डर भी लगने लगा था। जिसके चलते कई सारे बंदर जंगल छोड़ शहर की तरफ़ चल दिये। इधर गधा भी गर्दन नीचे किये जंगल को हमेशा के लिए छोड़ शहर की ओर रुख कर चुका था। वह अपने आप को सब जानवरों में सबसे बड़ा मूर्ख मान चुका था और उसने फिर कभी वापस जंगल न जाने की क़सम खा ली थी। लेकिन इधर बंदरों ने शहर में गधे की उस बात को हर व्यक्ति तक पहुँचा दिया था जिससे अब इंसान भी गधों को जानवरों में सबसे मूर्ख समझने लगे, बंदर को समझदार और लोमड़ी को चालाक। साथ ही शहर में मूर्खता का नया पर्यायवाची शब्द गधा रख दिया गया। गधा सारी ज़िन्दगी अपने उन सवालों को कोसता रहा जो उसने उस दिन जंगल की सभा में पूछे थे और सर झुकाये इंसानों का बोझा उठाकर ज़िंदगी व्यतीत करने लगा।

उधर हर दिन भेड़ों के झुंड से एक भेड़ ग़ायब हो जाता और सारे भेड़ बिना पीछे मुड़े एक धुन में चलते रहते और हमेशा मानते कि हमारा झुंड लगभग उतना ही है।

8
'मैं' की नाव–'कौन' का किनारा

"मैं कौन हूँ?" ये तीन शब्द ही मेरा नाम हैं? या सिर्फ़ ये मेरा प्रतिबिम्ब बने फिरते हैं? क्या इन्हीं तीन शब्दों में मेरी ज़िन्दगी गुज़र जानी है? या इनको अपना बनाने में? ये मुझे अपरिचित नहीं लगते जैसे कि रोज़-मर्रा की ज़िंदगी में मिलने वाले लोग लगते हैं। तभी शायद मैं उनसे हाथ मिला लेता हूँ, उन्हें जानने के लिए क्योंकि जिन्हें मैं जानता हूँ उनसे कभी हाथ नहीं मिलाता, शायद ज़रूरत महसूस नहीं होती इसलिए। कोफ़्त होती है हाथ मिलाने में, हाथ मिलाना जैसे एक बोझ हो या वो कार्य जो तुम्हें रोज़ न चाहते हुए भी करना है। टेबल पर पड़े उस अख़बार की तरह। दस्तरख़्वान पर रखे उस खाने की तरह। मैं हर उस चीज़ को नहीं करना चाहता जिसे करते हुए मुझे कोफ़्त महसूस हो। वैसे अब हर चीज़ में कोफ़्त महसूस होती है सिवाय एक के, अपने आप से घंटों बातें करने में। इसमें मुझे कोई कोफ़्त महसूस नहीं होती शायद ये मेरा सबसे मनपसंद काम है। वो अलग बात है कि कभी-कभी इस मनपसन्द काम से तंग भी आ जाता हूँ क्योंकि ये दिमाग़ रुकने का नाम ही नहीं लेता निरंतर रूप से मेरी बिना आज्ञा के चलता जाता है, लगातार चलता। वैसे अब मुझे इस कहानी को लिखने में भी कोफ़्त महसूस होना शुरू हो गयी है। क्या मुझे नहीं लिखना चाहिए?

घबराइये नहीं मैं इतना आलसी भी नहीं!

इन तीन शब्दों से मेरा कुछ तो सम्बन्ध है, लेकिन क्या? क्या मैं ये ढूँढ़ पाऊँगा? या सिर्फ़ पता होने का नाटक-सा करते हुए अपने आप को बेवक़ूफ़ बनाता रहूँगा। ठीक वैसे ही जैसे कि मुझे लगता है मेरे माँ-बाप कभी इस दुनिया

से नहीं जायेंगे। मुझे विश्वास है। किस पर? कि वो नहीं जायेंगे, नहीं अपने ऊपर कि वो नहीं जायेंगे। मेरे सीने के बायीं तरफ़ कुछ होने लगता है जब कभी माँ-बाबा के बारे में सोचता हूँ। तो डर जाता हूँ।

ये कैसे हो सकता है? कि मैं 'मैं' को ही ना पहचान पायेगा और मैं केवल मैं के घेरे में सिमटकर मैं में हो जायेगा। रात के घनघोर सन्नाटे में जब दो या तीन गली छोड़कर कुछ कुत्तों के भौंकने की आवाज़ आती है तो उस वक़्त न जाने क्यूँ ये सवाल मेरे मस्तिष्क की गलियों में टहलने लगता है। "मैं कौन हूँ?" कभी-कभी ऐसा प्रतीत होता है कि मैं भगवान का भेजा हुआ कोई दूत हूँ। लेकिन मुझमें दूत जैसा तो कुछ भी नहीं। तभी मैं ये सोच लेता हूँ कि शायद मेरे अंदर कुछ अद्भुत शक्तियाँ हैं जिनका उपयोग मैं अठारह साल के बाद कर पाऊँगा। हाँ, ये फ़िल्मों के कारण है। नहीं ये सच है; ऐसा हुआ। मेरे पास ताक़त है। लेकिन मैं आपको बता नहीं सकता। अगर बताया तो वो ताक़त चली जायेगी।

जैसे मेरे दादा जी। मैंने उन्हें कभी नहीं देखा। उनका नाम "अनदेखा" है। मेरी एक इच्छा है कि मैं अपने दादा जी को अपनी आँखों से देख सकूँ। उनसे बातें करूँ। उनसे पूछूँ हमारे पूर्वज कौन थे? मैं कौन हूँ? आप कौन हैं? आपके अब्बू कौन थे? कई सारे सवाल हैं जो मैं उनसे ज़िन्दगी के किसी कोने में सुकून से पूछना चाहता हूँ। किसी बरगद के दरख़्त के सायें में खटोले पर चाय की चुस्कियाँ लेते हुए उनसे गुफ़्तगू करना चाहता हूँ। उनकी मूछों में फँसा नान-ख़ताई के चूरे का दाना निकालते हुए अपनी उलझनों को सुलझाना चाहता हूँ।

मेरी नन्ही आँखों में बसी दुनिया के राज़ को जानना चाहता हूँ। वो कौन है जो इस पल को देख रहा है, महसूस कर रहा है, मेरे दिमाग़ की गलियों में आलती-पालती मारे बैठा है, मेरे जन्म से ही और न जाने कब एक दिन यूँ ही उठ खड़ा होगा। कोई तो है जो मेरे शरीर के अन्दर वास करता है जिसे लोग 'मैं' कहते हैं। आख़िर कौन है ये 'मैं'? जो पूरे विश्व का केंद्र बना हुआ है जिसके गुरुत्वाकर्षण ने दिमाग़ों को किसी कार्य में विलीन कर रखा है। पिता से ये सवाल पूछने की हिम्मत नहीं होती। क्योंकि शायद वो भी इन्हीं सवालों में मसरूफ़ रहते हैं। शायद। या फिर वो अपने 'मैं' को जान गये हैं लेकिन मुझे बताना नहीं चाहते ताकि उनका 'मैं' मेरा 'मैं' ना बन जाये और मैं सारी ज़िन्दगी उनके बनाये, समझे, सोचे 'मैं' में ना बिता दूँ। लेकिन उन्हें देखकर लगता नहीं कि वो अपने

बंदर

'मैं' से अभी तक मिले हैं, वो अक्सर सोते-सोते चश्मा उतारना भूल जाते हैं। मैं देखकर भी उस चश्मे को नहीं उतारता। क्यों? पता नहीं बस नहीं उतारता।

बस में सीट के बग़ल में बैठा 5 साल का बच्चा, जो कि कुछ-कुछ मुझ जैसा प्रतीत होता है। वो मुझसे पूछ रहा है कि वो कौन है? उसकी आँखों की गुल्लियाँ अब साफ़-साफ़ दिखायी दे रही हैं, वो बड़ी आशा भरी नज़रों से मुझे देख रहा है। लेकिन मैं अपने आपको बेवक़ूफ़ बनाकर उसके साथ खेलने लगता हूँ। कुछ शक्लें बनाकर। मेरा मन भी कह रहा है कि उससे पूछ ही लूँ। क्या पता, उसे पता हो। लेकिन उसे अगर पता होता, तो फिर वो अपने बारे में मुझसे क्यों पूछता। हाँ ये तो है, लेकिन फिर भी, पूछकर देखता हूँ, पूछने में क्या हर्ज़ है।

मैं- "सुनो, इशश"।

मेरे जैसा मैं-(अनसुना करके) दोनों होंठो से मोटरसाइकिल चलाता है, थूक की मशीन के साथ, फर्र फर्र।

मैं- "मुझे पता है कि तुम्हें पता है तुमने सुन लिया है कि तुम्हें पता है मैं क्या पूछने वाला हूँ तुम्हें उसका उत्तर भी पता है कि तुम्हें कुछ नहीं पता है"।

मेरे जैसा मैं- "टॉफ़ी और अंडा, पैसा और धरती, रोटी और चाँद, सूरज और कुआँ"।

मैं- "क्या हैं ये?"

बच्चा- "कुत्ते"

मैं- "हैं?"

बच्चा – "हाँ, दुम और मुँह" (माँ के दुपट्टे से ता-ता वाला खेल खेलने लगता है)।

उसकी माँ मुझे देखने से क्यूँ कतराती है? बार-बार आधा देखकर नज़रें घुमा लेती है, क्यों? शायद मैं उसके लाडले से बात कर रहा हूँ बिना उनकी आज्ञा लिये या इसलिए कि हम कोडवर्ड में बात कर रहे हैं, मतलब थे। जिसके कारण वो गुस्सा है। बच्चा और माँ दोनों घूम गये। लेकिन उसकी बड़ी-बड़ी आँखें अब भी पलट-पलटकर मुझे देख रही हैं और उसकी माँ बार-बार उसे घुमा लेती है।

मेरे लाख कोशिशों के बाद भी वो नहीं सुनता नाटक करता है नाटक करने का और फिर दूसरे ही पल न जाने कब वो दोनों बस से ग़ायब हो जाते हैं।

मुझे सिर्फ़ एक ही सपना बार-बार आता है कि मैं दौड़ रहा हूँ, तेज़ बिल्कुल तेज़, अंधड़ गति से। दौड़ते-दौड़ते अचानक मैं एक लम्बी छलांग लगाता हूँ और अपने आपको हवा में लहरता हुआ पाता हूँ। एक 60 साल के वृद्ध व्यक्ति की तरह, तिरछी मुस्कुराहट के साथ अपने आप से कहता हूँ कि मुझे ये पता था कि मेरे पास ये अद्भुत शक्ति है। मैं उसका आनंद लेना प्रारंभ ही करता हूँ कि तभी अपने आप को चार दीवारी के अन्धकार में पाता हूँ। जहाँ किसी ने देर रात तक टी.वी. देखते हुए सोने के बाद गोदी से लाकर लिटा दिया था मुझे मेरे दिमाग़ के साथ।

बाहर से कुछ आवाजें आ रहीं हैं। शायद कबाड़ी वाला आया है, जो सबके दरवाज़े पर जा-जा कर पूछ रहा है कि वो कौन है? लेकिन सब आँख मूँद कर सोये हैं। सब डरते हैं बताने में, जानने में, कहने में। मैं नहीं डरता, नहीं डरता हूँ, शायद नहीं, बिल्कुल भी नहीं। अधखुली नींद में, दिमाग़ की नाँव में सवार होकर ना जाने कहाँ-कहाँ बहे चला जा रहा हूँ, ये क्या अंत है? नहीं ये नहीं हो सकता। इतनी जल्दी? अभी तो मैंने बहना शुरू ही करा था। ठीक से बहा भी नहीं और मेरे सामने ये अपनी शक्ल लिये खड़ा है।

क्या आपने कभी अपनी मौत करी है? हाँ ख़ुद की, बिना किसी हथियार के, मैंने की है कई बार सोच के हथियार से, भविष्य-रुपी महासागर में गोते खा-खाकर, कल 20, फिर 26, 30 पर शादी, फिर मुक़ाम तक पहुँचने की आपा-धापी, कुछ बच्चे, 'ख़ुश' 'न-ख़ुश' की कुर्सी पर टर्र टर्र करता हुआ मैं, अपने माँ-बाप को गहरी नींद में सोते हुए देखता हुआ, किसी विशाल बिल्डिंग की 13वीं मंज़िल से टूटी हुई छड़ी लेकर उड़ने की कोशिश, बस, बस, हाँ.... बस इतना ही होता है सफ़र। बिना "मैं कौन हूँ" के जाने मर जाना कितना डरावना होता है। हर बार, बिल्कुल ताजा, भयभीत कर देने वाला डर।

लेकिन यह सारे डर 12 साल की उम्र में नहीं थे या फिर इनसे भी बड़े डर थे जो मेरे दिमाग़ की गलियों में चैन-चैन खेला करते थे। या फिर तब भी मैं 'मैं' को ही तलाश रहा था कहीं न कहीं किसी चीज़ की आड़ लिये। वैसे ये 'मैं' और 'कौन' का खेल कब शुरू हुआ था मुझे बिल्कुल भी याद नहीं, अगर दिमाग़ पर

बंदर

थोड़ा ज़ोर डालूँ तो लगता है कि ये तो मैं अपनी पैदाइश से खोज रहा हूँ, क्या? इतने छोटे-पने से कैसे सोच सकता हूँ। सोच सकता हूँ मतलब था। ऐसा लगता है, सच क्या है पता नहीं। कभी-कभी तो माँ की कोख में बिताये 8 महीने 15 दिन भी याद आते हैं। सच, झूठ नहीं बोलता मैं, आपकी क़सम। यह सब जो मैंने सोचा है अगर मैं कहूँ कि मैंने सोते-सोते सोचा है बिना उम्र को बढ़ाये, बिना क़द को लम्बा किये इसी 12 साल की उम्र में तो आप मानेंगे? नहीं न? मुझे इससे वैसे कोई ख़ास फ़र्क़ पड़ता भी नहीं है। क्योंकि सच मैं जानता हूँ और मैं सच जताता नहीं। एक बात बताता हूँ सिर्फ़ ...

ब्लिंक। गाटर की छत? हाँ लिंटर नहीं है। लिंटर केवल नीचे वाली मंज़िल पर है, लेकिन वहाँ भूत है। बताना मत किसी को हाँ ये राज़ है। वो अच्छे हैं कुछ नहीं कहते हमें। हाँ मैंने बात करी है कई बार, बोलते हैं कि ये घर उनका था पहले। लेकिन ये कैसे हो सकता है? यही कि ये घर उनका था। क्योंकि पापा ने तो ज़मीन लेकर बनाया था घर। क्या? वो झूठे है। नहीं शायद भटक गये होंगे या फिर कोई ग़लत-फ़हमी होगी, वैसे भी सारे घर एक जैसे ही तो होते हैं। नहीं?

मुँह में ढेर सारा थूक भरा है। एक पृथ्वी के आकार-सा गोला बन गया है इस तकिये पर। कितना सुन्दर है ये थूक का प्यारा-सा गोला। शायद अपने आप बन गया, नहीं ये मैंने बनाया है। अपने आप कुछ नहीं होता। लेकिन ज़रा रुको, "मैं हूँ कौन?" का सवाल अभी ख़त्म नहीं हुआ है वो लाठी दौड़े आ रही है मेरे पीछे-पीछे। क्या मुझे दौड़कर गली में जाना चाहिए? और वहाँ अपनी परीक्षा लेनी चाहिए? दौड़ और फिर एक लम्बी छलांग, नहीं। अगर ये काम नहीं करा तो? तो मैं अपने आप से क्या कहूँगा कि मैं कौन हूँ। डरता हूँ अपने आप से। अगर उसे पता चल गया तो। तो सब तहस-नहस हो जायेगा बिल्कुल उस काग़ज़ की नाँव की तरह जिसे मैं अपनी गली में बारिश होने पर तैराया करता हूँ अक्सर।

छत के पत्थरों पर आकर्षक चित्र बने हैं, ये मुफ़्त मिलते हैं पत्थरों के साथ, शायद इसलिए कि जो लोग चाँद-सितारों वाली पुताई नहीं करवा सकते अपने घर की छत पर उन्हें ये मिल सके, मन-मर्ज़ी के चाँद-सितारे, जैसा चाहे वैसा बना लो, काफ़ी ढेर सारे हैं, हर रोज़ नया चित्र बनता है या शायद मैं कल वाले की आकृति भूल जाता हूँ। लेकिन एक चित्र है जो हमेशा रहता है स्थाई बिल्कुल

केंद्र में। "आधा बच्चा"- शायद उसका आधा भाग वाला पत्थर कहीं और है, किसी और के घर में लगा है और वो भी उसे ताक रहा है या रही है।

मेरे क्या कान बंद हो गये थे? जो मैं बारिश की बूँदों की आवाज़ नहीं सुन पा रहा था। मेरी बाँछें खिल जाती हैं उन्हें सुनते ही। मेरी बहनों की भी। तेज़ बारिश से। हाँ अब स्कूल की छुट्टी। लेकिन नाँव चलाने के लिए थोड़ा इंतज़ार करना पड़ेगा। बारिश के तेज़ होने का और साथ ही गली में पूरा ऊपर तक पानी भरने का, तभी तो मेरे 'मैं' की नाँव उस गली को लाँघ कर दूसरी गली तक जायेगी। हाँ! अब काफ़ी है। जल्दी से अच्छी कॉपी के सुफ़ैद पन्ने जैसे कि मेरी टोपी है जिसे मैं सिर्फ़ नमाज़ पढ़ने तक ही पहन सकता हूँ। पापा बोलते हैं "ज़्यादा वक़्त मत पहना करो ख़ासकर कि जब बाहर जाओ", पता नहीं क्यों वो ऐसा कहते हैं, मुझे तो अच्छी लगती है और मेरे सिर पर तो और भी, लेकिन न जाने क्यों लोग मुझे ज़्यादा ग़ौर से देखने लगते हैं, शायद पिता जी ठीक बोलते हैं। लेकिन रमज़ान में कोई ग़ौर नहीं करता तब मैं अक्सर पहना रहता हूँ। ईद के बाद वो राहेल के नीचे दबी रहती है जुम्मे के जुम्मे निकलती है सिर्फ़। नाराज़ रहती है मुझसे। जैसे मेरे भगवान भी मुझसे नाराज़ हैं। हाँ वो हैं। तभी तो सजदे में मैंने कई बार भगवान से पूछा कि मैं कौन हूँ? लेकिन वो कभी बताते ही नहीं। शायद इसीलिए, हाँ वो ही वजह होगी। नहीं बताऊँगा। बिल्कुल नहीं। ये उनके और मेरे बीच की बात है। सोचना भी मत। कभी नहीं-कभी नहीं। अपने आपको भी नहीं। भाइयों को भी नहीं।

भाई भी मेरे स्कूल में पढ़ते हैं। मेरे से बड़े हैं। लेकिन मुझे मेरे बराबर लगते हैं। शायद मेरा दिमाग़ उनके बराबर है इसलिए या फिर उनका मेरे बराबर। वैसे सच बताऊँ तो मेरा दिमाग़ उनसे ज़्यादा ही है तभी तो मैं उनसे ज़्यादा अच्छा लट्टू चला लेता हूँ, पतंग उड़ा लेता हूँ, वीडियो गेम खेल लेता हूँ आदि आदि... अब ज़्यादा तारीफ़ करना अच्छा नहीं लगता और कहीं उन लोगों ने मेरी बातें सुन लीं तो मेरी ख़ैर नहीं। अभी छोटा हूँ न इसलिए पीट देते हैं। एक बार बड़ा हो जाऊँ फिर ख़ैर नहीं दोनों की।

वो नाली के किनारे-किनारे मकानों को लाँघते हुए मेरे घर के चबूतरे पर आ जाते हैं। मेरी और मेरी बहनों की बाँछें और भी खिल जाती हैं। इसलिए मैं एक-दो पेज न लाकर पूरी कॉपी उठा लाता हूँ जिसमें मुश्किल से 10-15 पन्ने ही

भरे होंगे। अम्मी के डाँटने पर भी मैं उसी कॉपी के कोरे काग़ज़ों को फाड़ना शुरू कर देता हूँ। सब अपने-अपने मैं की नाँव बनाना शुरू कर देते हैं। बहुत सलीक़े और एहतियात से पन्नों को मोड़ा जा रहा है। कोई हथेली से तो कोई उँगलियों से वरक़ को दबा रहा है, टोपी बन चुकी है ये एक इंटरवल है जहाँ सब उसे पहनने की कोशिश करते हैं और दूसरे को दिखाते हैं, हँसते हैं। कोई उसे टोकरी तो कोई टोपी तो कोई कुछ और बन जाने की निगाहों से उसे देखता है।

ये क्या अरे ये लोग तो मुझसे आगे निकल गये अभी रुको। ये ऐसे ये थोड़ा... आ... इधर बस .. हो गया, टेनटेडन नाँव बन गयी। सब अपने 'मैं' को लिये तैयार हैं, बारिश का थोड़े हल्के होने का इंतज़ार कर रहे हैं, तब तक नाली में बहती चीज़ों को देखा जाये। वो देखो कनखजूरा, अम्मी मेंडक का बच्चा अन्दर आ गया। छोटा-सा है बिल्कुल। ओह बारिश रुक गयी, योद्धाओं अपनी-अपनी 'मैं' की तैराकी लाओ और लाइन से लग जाओ, सब तैयार? अच्छ तो फिर लो... गेट सेट-रेडी-गो .... हाँ, हाँ बहुत अच्छे इसी तरह इसी तरह, हाहाहा बड़ी बहन की नाँव डूब गयी, ये लो एक और ढेर, सब पर नज़र बनी हुई है, कुछ पल में ही मैं उस नाँव पर सवार हो जाता हूँ और मुझे सब की नाँव दिखना बंद हो जाती है। तभी अचानक मोटी-मोटी बूँदें फिर से गिरना शुरू हो जाती हैं, मैं घबराने लगता हूँ कहीं बारिश तेज़ न आ जाये और मैं इसी नाँव के साथ न डूब जाऊँ, मेरे शरीर पर ओलों जैसी बूँदें गिर रही हैं, चारों तरफ़ पानी-पानी है, नालियों से आता पानी, घरों के पाइपों से आता पानी। पानी गन्दा है, शायद छतों का होगा जो धुल-धुलकर आ रहा है। बारिश और तेज़ होने लगी, मेरा 'मैं' डगमगाने लगता है। मैं अम्मी की ओर देखने की कोशिश करता हूँ, ये क्या अम्मी के माथे पर तो कोई चिंता की लकीर ही नहीं दिख रही। शायद उन्हें पहले से पता था कि मेरा 'मैं' 'कौन' से कभी नहीं मिल पायेगा।

''कौन'' गली के दूसरे छोर पर रहता है। वो दूसरे मज़हब का है। ऐसा मैंने कुछ बुज़ुर्गों के मुँह से सुना है। इसलिए मैं 'कौन' से मिलने के लिए और इच्छुक रहता हूँ। लो नाँव डूबना शुरू कर रही है। मेरी ज़िन्दगी की मेहनत एक बूँद से ढह रही है। क्या वो मेरे आँसू है? जो बरस रहे हैं मेरी 'मैं' की नाँव पर। नहीं! मैं कभी रोता नहीं। क्यों? पता नहीं। मर्द रोते नहीं ऐसा किसी से सुना था। सच बताऊँ मैं मर्द नहीं हूँ क्योंकि मैं बहुत रोता हूँ। अकेले में, कभी-कभी सबके

सामने लेकिन अन्दर ही अन्दर।

मैं माँ के इशारे का इंतज़ार कर रहा हूँ कि वो बस 'हाँ' कर दें और मैं झट से गोता लगा कर अपने 'मैं' को बचा लूँ। ताकि वो आज 'कौन' से मिल सके।

"मैं कौन हूँ" का ख़याल अक्सर दो बार ही आता है मुझे। एक सुबह की अदखुली नींद में और एक तब, जब मेरी माँ कहीं अपनी मर्ज़ी से जा नहीं सकती। उन्हें मेरे बड़े 'मैं' से इजाज़त लेनी पड़ती है तब। क्या दादा जी भी दादी जी को ऐसे ही परमिशन नहीं देते थे? अगर 'हाँ' तो फिर मैं उनसे नहीं मिलना चाहता। उनसे कह दो मुझे कोई मुर्ग़ी के अंडे से चूज़ा निकलते नहीं देखना और न ही अपने कंचे उनके गमले में छिपाने हैं और न उनकी साइकिल पर बैठना है, लाला जी का समोसा अब मैं ख़ुद भी ला सकता हूँ। मैं माँ की नज़रों से छिपकर उनसे 2 रुपये भी नहीं माँगूँगा बिल्कुल भी नहीं, अलबत्ता अगर वो इजाज़त देते होंगे तो फिर तो मैं पूरी की पूरी 3 रील की चरखड़ी मँगवाऊँगा उनसे और वो भी काले माँझे की। फिर देखना मेरा कमाल!

घर पर अक्सर इसी बात पर लड़ाई हो जाती है कि मैं अपने दादा जी पर गया हूँ या अपने नाना जी पर। क्योंकि दोनों के नैन-नक़्श खड़े हैं और नाक भी, नाक की ऊपरी हड्डी थोड़ी-सी उठी हुई है जैसी मेरी है। कभी-कभी लगता है मेरा 'मैं' मेरी नाक है। हाँ! ये ही अस्तित्व है मेरे 'मैं' होने का; मेरे पठान होने का। नानी बताया करती है हम यूसुफ़ज़ई पठान हैं। दादी से कभी पूछा नहीं, ज़्यादा बात नहीं होती। वो अपने नातियों में ज़्यादा मशग़ूल रहती हैं और मैं अपनी नानी जी के साथ। मैं अपनी नानी के घर में ही पैदा हुआ था प्राकृतिक तरीक़े से। हाँ! इसका मुझे अभिमान है। पता नहीं क्यों है, लेकिन है। जैसे मुझे आज तक ये नहीं पता कि "मैं कौन हूँ" ठीक वैसे ही मुझे नानी के घर पैदा होने का अभिमान है और वो भी प्राकृतिक तरीक़े से बिना डॉक्टर्स और हॉस्पिटल के। कभी-कभी मैं 'मैं' से आगे भी बढ़ जाता हूँ लेकिन ऐसा बहुत कम होता है। तब मैं सिर्फ़ ये सोचने या सोचने का-सा नाटक करने लगता हूँ कि मैं क्या करने आया हूँ इस पृथ्वी पर, वही थूक से बनी गोल पृथ्वी पर। लेकिन जैसे ही मैं इसके आख़िरी हिस्से पर जा पहुँचता हूँ तभी वहाँ से कोई आवाज़ आती है जैसे स्कूल की डेस्क में कान लगाने पर आती है "तुम कौन हो?" तभी मैं एकदम तेज़ी से लाइट की स्पीड से भी तेज़ अपने आप को 'मैं' पर ही पाता हूँ, 'कौन' की तलाश में।

क्या इतना कठिन है अपने आप को पहचानना? नहीं। हाँ है! तभी तो इंसान अपने वश में नहीं रहता, ऐसा आपको लगता है। रह सकता है, बिल्कुल नहीं। हम सब उन कठपुतलियों की तरह हैं जिन्हें लगता है कि वो हर काम अपनी मर्ज़ी से कर रही हैं लेकिन ऐसा नहीं है। हम सब निर्धारित हैं बिल्कुल एक नाटक की तरह जिसे बार-बार रिहर्सल के साथ सिखाया गया है कि ज़िन्दगी के मंच में कहाँ, कब, कैसे, क्या करना है। और जो हम ग़लतियाँ करते हैं ज़िन्दगी में वो रिहर्सल कम करने का नतीजा होती हैं। हाँ, किसी-किसी की ज़िन्दगी का निर्देशन भी ख़राब हो जाता है क्योंकि सबका निर्देशक एक ही है और फिर स्क्रिप्ट्स इतनी सारी। हमारे नाटक में और भी किरदार होते हैं, जो आते-जाते रहते हैं क्योंकि ऊपर वाले ने उनकी उतनी ही अवधि लिखी होती है जितनी उनकी ज़रूरत है हमारे नाटक में, क्योंकि उनका ख़ुद का भी नाटक चल रहा होता है मेन लीड में। जो अवधि से ज़्यादा नाटक में अपने आप को बनाये रखते हैं वो लोग नाटक से बाहर आ गये होते हैं, लेकिन ऐसा बहुत कम लोगों के साथ होता है या वो ऐसा कर पाते हैं, सृष्टि के हर कोने में नाटक चल रहा है और वो सब पहले से निर्धारित है। अब सोचना आपको है कि आप नाटक में हैं या नाटक के बाहर?

मेरी नाँव में आधा पानी भर चुका है, मेरी पैंट घुटनों तक गीली हो चुकी है, चारों तरफ़ पानी-पानी नज़र आ रहा है। घर का दरवाज़ा भी नहीं दिख रहा है अब तो। कुछ करना होगा अपने 'मैं' को बचाने के लिए। लेकिन कैसी ये बारिश है कि रुकने का नाम ही नहीं ले रही है। नहीं, नहीं ये क्या हो रहा है मैं डूब रहा हूँ। मुझे ये 'मैं' की नाँव छोड़नी होगी। लेकिन यह क्या मेरी आँखें तो नाँव पर ही छूट गयीं और मेरा धड़ यहाँ बहन-भाई के साथ चबूतरे पर बैठा है। मैं यहाँ बैठे हुए भी वहाँ का दृश्य देख पा रहा हूँ। कैसे मेरी नाँव डूब रही है, वो बिल्कुल मुलायम मख़मल-सी हो गयी है। यहाँ तो बहुत कुछ बह रहा है। लंगड़ों का गुच्छा है जिसमें एक आम की गुठली भी बँधी है, कुछ अख़बार की कटिंग्स हैं, एक कटर भी पड़ा है, उठा लूँ? लेकिन कैसे? यहाँ तो सिर्फ़ मेरी आँखें हैं। वो तेज़ी से रोटी बहती जा रही है, शायद किसी ने गाय के लिए चबूतरे पर रखी होगी। अब कुछ ही पल में मैं ज़मीन से जुड़ने वाला हूँ। या यूँ कहे टूटकर बिखरने वाला हूँ। यह नाँव बिखरेगी नहीं, सो जायेगी मिट्टी की टेक लगाकर, सुकून से। अब शायद मैं इस नाँव को अगले दिन ही देख पाऊँगा या फिर परसों, जब तक

गली का पानी नहीं सूख जाता। या फिर ये किसी चींटियों के घर के पास पड़ी मिलेगी उन छोटे-छोटे मिट्टी के गोलों के पास, नन्ही-नन्ही गेंदें जिनसे खेलने को जी करता है लेकिन वो फूट जायेंगी, वो गेंदें बहुत मुलायम होती हैं। वो मुझे बहुत अच्छी लगती हैं। उन्हें देखकर ऐसा लगता है मानो वो चुम्बक की तरह अपनी तरफ़ खींच रही हों। ऐसा तब होता है जब मैं ज़मीन वाले खेल खेल रहा होता हूँ और मेरी उन पर नज़र पड़ जाती है, तब मैं खेल छोड़ उन मिट्टी के छोट-छोटे गोलों को देखने लगता हूँ, 'माइक्रो बॉल्स'। उनके अन्दर के वासियों की गतिविधियों को बड़े ग़ौर से देखता हूँ। जैसे आसमान में बिल्कुल दूर, आसमान को छू लेने वाली पतंग को। उसे देखकर ऐसा महसूस हो रहा होता है मानो वो पतंग मेरे बदले उस आसमान से पूछ रही हो कि "मैं कौन हूँ? लेकिन कुछ देर बाद जवाब न आने के कारण वो नाराज़ हो जाती है और लहराती हुई उस 'कौन' वाली गली में जाती है। मैं धड़-पड़ भागता हुआ उसे 'कौन' से बचाने के लिए छतों से गिरता-पड़ता, घुटने छीलता, वहाँ वक़्त से पहले पहुँच जाता हूँ। हाँ, एक गहरी साँस, गर्माहट के साथ।

अगर आज ये 'कौन' से मिल जाती तो क्या होता? शायद 'मैं', 'कौन' से हक़ीक़त पूछ लेता। कि वो कोई भगवान का दूत नहीं है। मेरा कोई दूसरा जन्म नहीं हुआ है। मेरे पास कोई जादुई शक्तियाँ नहीं हैं। ये सब अगर 'मैं' को पता चल जाता, तो फिर मैं कैसे उस 12 साल के बच्चे का दिल बहलाता। जो अभी अपनी दुनिया के निर्माण में काफ़ी व्यस्त है जिसे अभी 'मैं' की नाँव - 'कौन' का किनारा के बारे में कुछ एहसास ही नहीं है। मैं उसे क्या कहकर समझाता कि मैं (आँसू, बारिश बच्चा, मैं, नाँव) कौन हूँ? सिर्फ़ एक .....?

अब काई जमना शुरू हो गयी है। गहरे हरे रंग की, हरे से भी अधिक हरा। पपड़ी की छुवन महसूस होने लगती है तभी मुझे लगने लगता है कि अब वक़्त आ गया है। अगर आज भी सच न बताया तो इस गहरी हरी काई के अंदर क़ैद होकर मर जाऊँगा। इससे अच्छा है सच बताकर आज़ाद हो जाऊँ। सूर्य की प्रथम किरण से भाप बनकर फिर आसमान से बरसकर उस नाँव पर सवार हो जाऊँ और एक बार फिर पूछूँ कि "मैं कौन हूँ?"

एक सच बताऊँ?

 बंदर

मेरे पास जादुई शक्ति है, सच में।

वो आज भी उस गुमशुदगी की तलाश में उस डूबी नाँव में जी रहा है 'मैं' को सिराहने लिये।

९
वो ग़ायब हो गये

मेरे पिता मेरे पैदा होने के कुछ सालों बाद ही ग़ायब हो गये थे। मैंने अपनी आँखों से उन्हें ग़ायब होते देखा है। एकदम से नहीं धीरे-धीरे, जैसे सूरज ढलता है धीरे-धीरे आराम से बिल्कुल एहतियात से ठीक उसी तरह। मेरे पास अब उनकी कुछ यादें ही बची हैं। वो भी कहीं यादों में गुम हो जाती हैं। यादों का यादों में गुम हो जाना सबसे ख़तरनाक होता है। लेकिन कभी लगता है उन यादों का महफ़ूज़ रह जाना और भी ख़तरनाक होता है।

मेरे ख़याल से वो बीमार थे, या फिर बीमारी का नाटक करते थे। ताकि ग़ायब हो सकें। हाँ, ग़ायब होना कोई आसान बात नहीं। इस प्रक्रिया में कभी-कभी सालों लग जाते हैं। लेकिन फिर भी आप ग़ायब नहीं होते। हर कोई ग़ायब नहीं हो सकता। ये ताक़त सिर्फ़ कुछ अलग लोगों के पास ही है। जिनमें से मेरे बाबा एक हैं, बड़े शातिर तरीक़े से ग़ायब हुए कि किसी को कानों-कान ख़बर नहीं हुई। यहाँ तक कि उन्हें ख़ुद को भी नहीं।

बाबा बताते थे वो कुछ बनना चाहते थे। कुछ बड़ा, शायद उनका बड़ा होने से मतलब था ढेर सारा पैसा या कुछ और भी हो सकता है लेकिन नहीं ये तो मैं पहले सोचता था। हाँ, ठीक, उनका सीधा मतलब दौलत से था, ढेर सारी दौलत। जिसके लिए वो अपनी कम उम्र में ही शहर भाग आये, उन्होंने एक दिन बताया था कि वो डॉन बनना चाहते थे लेकिन बन नहीं पाये अफ़सोस क्योंकि वो बहुत डरपोक हैं। सब की तरह, हम सबकी तरह, आपकी तरह, मेरी तरह। इसलिए उन्होंने डरपोक ज़िन्दगी बिताने का फ़ैसला किया। ताकि ग़ायब हो सकें। शायद

यही वजह थी डरपोक बनने की। या फिर वो डरपोक थे इसलिए ग़ायब हो गये। या वो दोनों में से कुछ भी नहीं चाहते थे या दोनों ही चाहते थे? कुछ भी एकदम से कह देना बेवक़ूफ़ी होगी, लेकिन कब तक? अब तो बहुत साल हो गये उन्हें ग़ायब हुए। मुझे किसी नतीजे पर तो पहुँचना होगा। कम से कम अपने लिए ही सही या फिर उन बाबा के लिए जो ग़ायब हो चुके हैं। माँ बताती है तब वो बीमार नहीं थे, हाँ! तब वो नहीं थे। सब कुछ अच्छा-अच्छा चल रहा था। जैसा हर किसी की ज़िन्दगी में चलता है। उन्हें पढ़ने का बहुत शौक़ था। केवल छटी पास थे फिर भी इंग्लिश बोलना जानते थे। एक बार विदेश भी गये थे जब मैं नहीं था तब, जब वो बीमार नहीं थे तब। उस वक़्त शायद ही कोई विदेश जाता होगा और ख़ानदान में तो कोई सवाल ही नहीं। तब शायद वो बीमार नहीं रहे होंगे तभी जा सके लेकिन घरवालों के चक्कर में उन्हें वापस आना पड़ा। दादी गाँव से तार लिख भेज दिया करती थीं। उन्हें डर था उनके खो जाने का विदेश में। सबका मानना था और है कि विदेश में सब खो जाते हैं। वहाँ से वापस आना नामुमकिन जैसा खेल है। इसी कारण उन्होंने बाबा को वापस बुला लिया। कभी-कभी बाबा ग़ायब होने की वजह दादी को बताते हैं। फिर उसके बाद उनको कभी जाने का मौक़ा नहीं मिला क्योंकि विदेश फ़ैक्ट्री वाले ले गये थे और फिर विदेश जाना इतना आसान तो नहीं कम से कम उस दौर में तो बिल्कुल नहीं; या इस दौर में भी। मुझे ही देख लो कब से पहाड़ देखने का मन है लेकिन देख ही नहीं पा रहा हूँ। काम में व्यस्त और पैसों की कमी के कारण या कुछ और वजह है। मुझे डर लगता है। मैंने सपनों में जैसे पहाड़ों को देखा है अगर वो वैसे नहीं मिले तब। तब क्या होगा? मेरे पक्के दोस्त नहीं बने तो? इसलिए मैं उन्हें सपनों में ही देखना चाहता हूँ। वैसे एक बार मसूरी गया था बचपन में स्कूल की तरफ़ से। तब पहाड़ों से बातचीत नहीं कर पाया था। उन्हें देखकर डरता था। इतने बड़े हैं कहीं किसी बात पर रूठ गये और बरस पड़े मेरे ऊपर तो? लेकिन अब नहीं होगा ऐसा कुछ। अब मैं गोल-गोल बातों में उन्हें व्यस्त रख उन पर चढ़ जाऊँगा। सबसे ऊपर की चोटी पर पहुँच आग जलाकर शकरकंदी भूनूँगा।

नहीं-नहीं कोई ऐसी बड़ी नौकरी नहीं करते थे मेरे बाबा या फिर कहें करते थे। हाँ करते थे तभी तो गये थे। वो एक खिलौने बनाने वाली फ़ैक्ट्री में काम करते थे। जिसमें सिर्फ़ बंदूक़ें बनती थीं प्लास्टिक की। डॉन ना बनने के बाद डरपोक ने उन्हें यहाँ ला छोड़ा था। मैं जब पैदा हुआ तब अपना घर था। जिसे बाबा ने

ख़ुद खड़ा किया था, डरपोक से समझौता करके। मेरे बाबा मेरे लिए कोई हीरो नहीं थे। या मैंने कभी उन्हें इस नज़रिये से देखा ही नहीं या देखना नहीं चाहता था। वो एक साधारण, बिल्कुल आम दिखने वाले इंसानों में से एक थे। जो भीड़ में एकदम से घुल जाते हैं। दुबक कर, डरपोक की तरह। ठीक उसी तरह थे मेरे बाबा। दादी बताती हैं उनकी असली वजह घर से भाग जाने की, उनका कहना है वो डॉन नहीं बच्चन बनना चाहते थे। जिसकी वजह से वो 12-13 साल की उम्र में ही गाँव से बम्बई भाग गये थे। बाबा बताते हैं उन्हें एक बार 'वड़ा पाव' की दुकान पर बच्चन मिले थे, बाबा को देख वो भागने लगे। बाबा ने उन्हें दौड़कर पकड़ लिया। जब बाबा ने उनसे पूछा भाग क्यों रहे हो? तो बोले तुम भी बच्चन बनने आये हो ना? इस बात को सुन बाबा थोड़े चौंके। बाबा ने उनसे जब पूछा "तुम्हें कैसे पता?" तो बच्चन बोले "बम्बई में बाहर का जितना भी छोकरा लोग वड़ा पाव खाता है वो बच्चन बनना चाहता है।" जिसे सुन बाबा हैरत में पड़ गये थे। "लेकिन तुम भाग क्यों रहे थे?" बाबा ने बच्चन से पूछा। "मैं भाग नहीं रहा था मुझे दूसरे वड़ा पाव वाले के पास जाना है पैसे लेने"। बाबा ने पूछा "क्यों?" तो बच्चन बोले "मेरा सेटिंग है अक्खा बम्बई में सब वड़ा पाव वालों से, इधर जितना भी बाहर का छोकरा लोग वड़ा पाव खाने आयेगा उसका आधा पैसा मेरे को माँगता है।" बाबा यह सुन थोड़ा दुखी हुए। उन्होंने तो कुछ और ही सोचा था बच्चन के बारे में और यह तो कुछ और ही निकले। जाते-जाते बच्चन बाबा से बोले, "गाँव चले जाओ नहीं तो तुम वड़ा पाव जैसा बन जाओगे, जो होते हुए भी ग़ायब रहता है।" बाबा ने इस बात पर बिल्कुल भी ध्यान नहीं दिया और वहाँ कुछ वक़्त इधर-उधर काम कर लेने के बाद बाबा ने दिल्ली को अपना ठिकाना बनाया। बाबा कहते हैं दिल्ली सबको अपने अंदर बसा लेती है और बम्बई उल्टी कर देती है समन्दर में जिसकी वजह से बम्बई के लोग रोज़ समंदर के किनारे मिलते हैं, वहाँ उठ खड़े हो अपने काम पर चले जाते हैं। बाबा का कहना था बम्बई ढह जायेगी। एक दिन समुद्र का पानी सब कुछ ले डूबेगा। इसलिए वो बह जाने के डर से दिल्ली आ गये। लेकिन उन्हें डूबने की बेचैनी भी ख़ूब रही जिसके चलते शायद....., नहीं वो वजह नहीं होगी। आख़िर कोई ना डूब जाने की वजह से ग़ायब तो नहीं होता। हाँ, डूब जाने से ज़रूर लोग ग़ायब हो जाते हैं। वो आज भी मुम्बई के डूब जाने का इंतज़ार कर रहे हैं ताकि वो डूबी हुई मुम्बई को ऐरोप्लेन से देख सकें। लेकिन अब वो कहते हैं मुम्बई नहीं डूबेगी क्योंकि वो बम्बई ना होकर

मुम्बई हो गयी है। कभी-कभी उनकी बातें मेरे पल्ले नहीं पड़तीं।

बाबा को बर्फ़ देखने का बहुत शौक़ है। उन्हें मैंने टीवी पर बर्फ़ को देखते ही देखा है हर वक़्त। कभी डिस्कवरी पर तो कभी नेशनल जियोग्राफ़ी पर। वो कहते हैं वो पिछले जन्म में बर्फ़ के पहाड़ों पर रहते थे। इसलिए उनका रंग बहुत गोरा है, मतलब था। अब तो कई सारी झुर्रियाँ और काले धब्बे हैं जिन्हें ग़ौर से देखो तो उस पर डॉन, बच्चन, डूबी बम्बई, ढेर सारा पैसा, विदेश में कारोबार, बर्फ़ और ग़ायब होना लिखा है। लेकिन वो मेरी बात नहीं मानते या फिर मानते हैं इसी डर से उन्होंने शीशा देखना छोड़ दिया है। कहते हैं इतने लोगों की आँखें हैं तो, शीशा अँधों के लिए होता है। आप ही बताओ अँधा कभी शीशा इस्तेमाल कर सकता है? है न बेवकूफ़ों वाली बात! जब बाबा से मिलना तो आप ही समझाना उन्हें। एक बार तो उन्होंने घर के सारे शीशे तोड़ दिये थे। लेकिन शोर बिल्कुल भी नहीं हुआ था। यहाँ तक मुझे और मेरे छोटे भाई को भी नहीं पता चला था। इतने ढेर शीशे कैसे और कब टूटे। पता नहीं क्यों माँ बिना बोले नानू के घर चली गयीं थी। शीशे तो फिर से आ जाते, उसमें क्या था। बाबा टूटे हुए शीशे लेकर नानू के घर गये थे। मुझे याद है जब बाबा रिक्शे से उतरे थे तब मैं और छोटू मैदान में खेल रहे थे। ऐसा लगा था मानो यह कोई आदमी है जाना-पहचाना जिसे हम बाबा कहते थे। उन्होंने पीछे छिपाया हुआ हाथ सामने किया तो हम दोनों सारा खेल समझ गये। वो नानू और माँ को टूटे शीशे जुड़े हुए दिखाना चाहते थे। मैं और छोटू कमरे के बाहर ही खड़े थे, किवाड़ा सही से धुड़का नहीं था जिसके चलते मैंने उन्हें शीशे में अपने आप को देखते हुए देख लिया था। शायद आख़िरी बार तभी देखा था उन्होंने शीशे में। माँ हर बार की तरह बाज़ार से नये ढेर सारे शीशे ले आयी कुछ तो बिस्तर पर भी रख दिये ताकि बाबा उस पर लेटने से डरें; अपने आप को उसमें ना देखने के डर से। काफ़ी वक़्त तक वो अलग कमरे में सोते थे। मैंने जब उनसे पूछा कि आप नानू के यहाँ टूटे शीशे जोड़कर क्यों लाये थे तो उन्होंने कहा था- रेल की पटरी के बीच में लगे फट्टे हैं, मैं और छोटू इसलिए। नहीं तो टूटे शीशे वहीं घर छोड़ बम्बई भाग जाते फिर से उसे डूबता देख या उसमें ख़ुद डू...। उन्होंने दो-दो रुपये दिये मुझे और छोटू को। हम दोनों जवाब को भूल वहाँ से ग़ायब हो गये थोड़ी देर के लिए, बाबा की तरह नहीं।

अगर मैं अपने दिमाग़ पर ज़ोर डालूँ तो उनकी सबसे पहली याद जो मेरे

मस्तिष्क में महफ़ूज़ है हालाँकि हो सकता है कई और यादें हों उससे पहले की भी लेकिन बिस्तर पर गोल-गोल अलटी-पलटी मारने में सब इधर-उधर होकर दिमाग़ से बाहर निकल बेड के नीचे गिर गयी होंगी जैसे मेरी अठन्नी का सिक्का और दो रुपये की गेंद गिर गयी थी। जिसे मैं वाइपर से भी नहीं निकाल पाया था। एक सुबह वो जैम लाये थे और मक्खन भी। मुझे जैम बहुत पसंद है। लेकिन साथ में मक्खन भी होना चाहिए नहीं तो ज़्यादा मीठा हो जायेगा और जैम नहीं हुआ तो ज़्यादा खट्टा इसलिए एक ब्रेड पर जैम और दूसरे पर मक्खन। उस जैम के साथ कुछ मिला था बनाने को, खिलौने जैसा था कुछ, सही से याद नहीं क्या था पर कैसा दिखता था ये याद है। गत्ते का बड़ा-सा था जिसपर ढेर सारी संख्या लिखी थीं, उसे हम दोनों ने एक साथ मिलकर बनाया था मेरा मतलब बनाया तो बाबा ने ही था मैं तो बस पैरों के बल बैठे हुए एक हाथ घुटने पर रख ठुड्डी से टिकाये हुए ताक रहा था। वो एक अच्छी-सी चीज़ बनी थी! क्या थी? याद नहीं, शायद घर सा था कुछ या फिर कोई खिलौना। जो भी थी अच्छी-सी चीज़ थी। जिसे देख मैं बहुत ख़ुश हुआ था। अच्छी-सी जैसे ज़िन्दगी होती है ना? शुरु-शुरु में ठीक वैसे ही। जब आपने किसी को मरते हुए नहीं देखा हो, ना ही मारते हुए, ना किसी के मृत शरीर को देखा हो, ना घर में लड़ाई को, ना उन ख़बरों को, ना जलते हुए किसी इंसान को, ना मरते हुए किसी बच्चे को, ना परिचित के क़त्ल को, ना उस बीमारी को जिससे ग़ायब हो जाते हैं। मैंने वैसे किसी को ग़ायब होते नहीं देखा, किसी को भी नहीं। यह ताक़त सिर्फ़ बाबा में थी। जिसका उन्हें घमंड था इसलिए तो कभी अपने ग़ायब होने की वजह नहीं जानी। हर बार कह देते माँ ने ग़ायब करा है उन्हें। माँ बहुत ग़ुस्सा हो जाती इस बात पर। कई दिन तक बोलती ही नहीं बाबा से और बाबा भी और ग़ायब से दिखने लगते। एक बार तो बाबा ने कुछ ज़्यादा ही इल्ज़ाम लगा दिये थे माँ पर। जिसके कारण माँ सुबह अपने बिस्तर पर लेटी हुई मिलीं और अंदर से कमरा बंद कर रखा था। बाबा बिना माँ को देखे दफ़्तर चले गये थे और इधर मैं दरवाज़े के खुलने का इंतज़ार कर रहा था, लेकिन माँ दरवाज़ा खोल ही नहीं रही थी। मैंने कई देर तक दरवाज़ा पीटा लेकिन माँ ने नहीं खोला। मैंने छोटू की तरफ़ देखा और छोटू ने मुझे, दोनों की जान हलक़ में अटक गयी थी और दोनों स्टूल पर चढ़के खिड़की से झाँकने में कतरा रहे थे। पता नहीं क्यों कई बार सत्य हमारे इतने पास होता है लेकिन हम उससे मुँह मोड़ लेना चाहते हैं या फिर उसे दूसरी गली का पता दे

किसी और गली में आराम से मटके वाली कुल्फ़ी खिलाना चाहते हैं। मैंने और छोटू ने माँ को ख़ूब आवाज़ लगायी लेकिन माँ ने कोई जवाब नहीं दिया जिस डर से मैंने सत्य को ख़ुद अपनी आँखों से देखने का फ़ैसला किया। बहुत साहस चाहिए होता है, बहुत सारा साहस। इतना कि जितनी आप कल्पना भी नहीं कर सकते, कल्पना की दुनिया में। मैं स्टूल पर चढ़ने लगा और छोटू स्टूल को पकड़े हुए था। मेरे दिमाग़ ने तो पहले से ही कुछ दृश्य सोच लिये थे पता नहीं क्यों। आख़िर कोई अपनी माँ के लिए भी ऐसा सोचता है। मैं घबराते हुए चढ़ा और एड़ियों को उचका शीशे के मोख्ले से अंदर झाँकने की कोशिश करने लगा- माँ लेटी हुई थी आराम से बिल्कुल धैर्य से। ऐसा लगता था जैसे उनमें 'गौतम बुद्ध' आ गये हों। माँ उल्टी लेटी पड़ी थीं बिस्तर पर। मैंने माँ को आवाज़ लगायी माँ ने कोई उत्तर नहीं दिया और ना ही क़तरा भर हिलीं। मैं यह सब देख डरा नहीं, शायद इसलिए क्योंकि मेरे दिमाग़ ने ऐसा-सा कुछ चित्र पहले ही दिमाग़ की गली में खींच दिया था। जैसे बाबा गली में आटे से रेखा खींच देते हैं। कहते हैं चींटियाँ सड़क पर नहीं आयेंगी खाने के लिए किनारे से ही आटा ले घर लौट जायेंगी। शायद माँ भी लौट गयीं थीं। मैंने छोटू से कहा, "दरवाज़ा खटखटाये!" उसने तेज़-तेज़ दरवाज़ा पीटा और इधर मैं एड़ियों पर उचका हुआ माँ को मौन पड़े देखते हुए चीख़ रहा था। ऐसा लग रहा था जैसे पृथ्वी से किसी ने सारा शोर, सारी आवाज़ें कहीं लुप्त कर दी हैं केवल मौन बचा है। उसी मौन में मैं चिल्ला रहा था, छोटू दरवाज़ा पीट रहा था लेकिन माँ, माँ तो मौन की दुनिया में थी उन्हें कैसे कुछ सुनायी देता। कुछ ही पलों में छोटू और मुझे भी अपनी आवाज़ें सुनायी देना बंद हो गयीं। माँ को देख ऐसा लगता था जैसे उन्हें मोक्ष मिल गया हो; जिसकी तलाश उन्हें सालों से थी। जबसे बाबा ने ग़ायब होना सीखा था, ग़ायब होने का इल्ज़ाम लगाना शुरू किया था। मैंने सोचा बाबा को फ़ोन करूँ लेकिन मेरी हिम्मत नहीं हुई। मैं और छोटू तेज़-तेज़ चीख़ रहे थे जैसे आज दरवाज़ा ही तोड़ देंगे। तभी कुछ हुआ किसी ने दुनिया से मौन को हटा दिया और हमारी आवाज़ें लौट आयीं जिस कारण अचानक से माँ उठीं और कुण्डी खोल दीं, मैं और छोटू एकदम स्तब्ध रह गये। माँ ने सिर्फ़ इतना ही कहा, "यह रिहर्सल था असली नाटक किसी और दिन खेलेंगे"। मैंने उनके कानों पर ध्यान दिया वहाँ बुँदें नहीं थे। उन्होंने बिस्तर पर रखे काँच के शीशे का चूरा बना कान में डाल लिया था। उस दिन के बाद माँ कभी उस कमरे में नहीं सोयीं। हम दोनों

ने भी यही चाहा था।

बाबा में लेकिन एक बात थी, वो सिर्फ़ दिन में ग़ायब होते थे रात में नहीं। क्योंकि रात को उन्हें सोना होता उसी बिस्तर पर जिस पर माँ ने उनका तोड़ा हुआ शीशा रख रखा होता; उन्हें उनका चेहरा दिखाने के लिए। लेकिन बाबा उस पर भी लेट जाते बिना जिस्म के कटने के डर से। बहुत ताक़तवर थे मेरे बाबा; या बहुत ही कमज़ोर तभी तो देखने से डरते थे। क्या चला जाता उनका शीशा देखने पर। माँ कहती है उन्होंने ही बिस्तर के शीशे का चूरा बना उनके कान में डाल दिया था। जिससे अब उनकों बाबा के इल्ज़ाम सुनायी नहीं देते। क्या चला जाता उनका शीशे में झाँकने पर? कम से कम मैं कर्ण तो ना बनता। हाँ कर्ण, महाभारत वाला नहीं, अपनी माँ का कर्ण। बाबा ने मुझे सचमुच का कर्ण बना डाला था। उनका सूरज नाम शायद इसीलिए रखा था दादा जी ने ताकि वो एक कर्ण को जन्म दे सकें। लेकिन इस कर्ण को बाप का साया नहीं मिला क्योंकि इस कर्ण का बाबा ग़ायब रहा सारी ज़िंदगी। इसी ग़ायब होने की वजह से इस कर्ण में बहुत ग़ुस्सा भर गया। इतना कि यह कर्ण दुनिया को अपने हाथों से पिचका दे, आँखों की आग से पिघला दे। लेकिन माँ ने मुझे ऐसा करने नहीं दिया। वो चाँद की तरह मेरे अंदर के कर्ण को आग से बचाती रहीं और ख़ुद उस आग में जलती रहीं।

बाबा अक्सर मेरी स्कूल की किताबें लेकर पढ़ने लगते थे और मैं हँसने लगता था, बाबा इसे क्यों पढ़ रहे हैं? अब इसका क्या काम? वो तो मशग़ूल हो गये भीड़ में, तो फिर अब क्यों? ख़ैर मैं उन्हें अपनी सारी किताबें बस्ते से निकालकर दे दिया करता और वो मुझे पढ़-पढ़कर वापस कर दिया करते। बाबा कहते थे जब अल्लाह आयेंगे उनसे सवाल-जवाब करने, तो उन्हें तैयार रहना होगा उत्तर के लिए; इसी वजह से वो अभी तक पढ़ रहे हैं। ताकि अपने ग़ायब होने की वजह का उत्तर अल्लाह को दे पायें, नहीं तो भगवान उनसे सूर्य की शक्ति छीन लेंगे। फिर वो ना ही शीशे तोड़ पायेंगे और ना ही बर्फ़ देख पायेंगे;बर्फ़ तो शायद वो वैसे भी ना देख पायें। क्योंकि जैसे ही वो बर्फ़ के पास जायेंगे बर्फ़ तो पानी हो जायेगी। शायद इसी डर से वो आज तक बर्फ़ देखने नहीं गये सिर्फ़ टी.वी. से ही मन को ठंडक दे लेते हैं।

शायद आप इस बीमारी को उस बीमारी से जोड़ रहे हैं, नहीं-नहीं ये वो

बीमारी नहीं है जो सबको है। आपके पिता को है, आपको है और शायद मुझे भी, शायद, पुख़्ता नहीं कह सकता। अब बीमारी वैसे भी मेरे पास नहीं आती मेरा गुस्सा देख इसलिए मेरी छोड़ो। ये वो बीमारी सरासर नहीं है, ये बिल्कुल अलग बीमारी है। यहाँ मेरे बाबा उस भीड़ से अलग हो जाते हैं, बिल्कुल अलग जैसे उनकी बीमारी थी, बिल्कुल अलग। अरे, आप अभी भी वहीं अटके पड़े हैं। वो नहीं है जो आप सोच रहे हैं और वो तो बिल्कुल ही नहीं जो आप सोचने का नाटक कर रहे हैं। क्या? बता दूँ? नहीं, बिल्कुल नहीं मैं नहीं बता सकता। कहा न! नहीं बता सकता वो और बीमारियों की तरह दिखने वाली बीमारी नहीं या यूँ कहें वो दिखती ही नहीं। जैसे मेरे बाबा नहीं दिखते; बस यादों में रह गये हैं। मैं भटका नहीं हूँ अपनी बात से मुझे पता है आप अब भी उस बीमारी को जानना चाहते हैं। मैंने कहा ना मैं नहीं बता सकता और फिर उस बीमारी का कोई नाम भी तो नहीं किसी डॉक्टर ने इस बीमारी का नाम ही नहीं रखा। तभी तो मैंने डॉक्टर बनने की सोची है ताकि इस बीमारी को नाम दे सकूँ। इलाज करने के लिए नहीं, वो अब नहीं हो सकता है। उसका समय था तब उन्होंने करवाया नहीं और ना ही किसी ने इस बीमारी पर ध्यान दिया। सब सोचते थे किसी ने उन पर जादू टोना कर दिया है जिसके चलते वो ग़ायब रहते हैं। उन्हें भी शायद ऐसा लगने लगा था। तभी उँगलियों में अंगूठियाँ पहने रहते थे तो कभी गले में ताबीज़ तो कभी सब उतार फेंकते और झट-से दीवार से शीशा उतार सबके सामने तोड़ देते। उनका इलाज सिर्फ़ वही कर सकते थे, लेकिन उन्होंने कभी दिलचस्पी नहीं दिखायी। कहते थे देवता भी कभी बीमार होते हैं, वो तो सबका इलाज करते हैं। मैं सबके दुखों को दूर कर सकता हूँ। उन्होंने किया भी! कई वक्त तक वो ख़ुद अंगूठियाँ, ताबीज़ बेचने लगे थे। सबका कहना था उन्हें सूर्य देव की शक्तियों से नवाज़ा है ऊपर वाले ने इसलिए वो पोरा भर सूरज की रौशनी और गर्मी दोनों मिलाकर अंगूठी के नग या फिर ताबीज़ में बंद कर दिया करते। जिससे सबके दुःख दूर हो जाते। लेकिन वो अपना इलाज करने से डरते थे। पहली बात तो मानते ही नहीं थे कि वो बीमार हैं। लेकिन मुझे मन ही मन लगता वो नाटक करते हैं ना जानने का, उन्हें सब पता है उनके शीशे तोड़ने के पागलपन के बारे में। उन्हें सुख मिलता है, किस में? बर्फ़ देखने में। इसलिए रात के 12-1 बजे मैंने उन्हें कई बार फ्रिज से ढेर सारी बर्फ़ निकालते देखा है। पहले तो वो उसे बहुत देर तक देखते रहते हैं फिर टूटे शीशे के टुकड़े से बर्फ़ को काट निकाल लेते और मैं

चुपके से डर के मारे सो जाता।

बाबा को पेड़ों का बहुत शौक़ था। माँ को भी और मुझे भी है लेकिन यहाँ इतनी ज़मीन कहाँ, तो बस पौधों से काम चला लिया करते। ढेर सारे पौधे, कुछ वक़्त बाद सूख जाते हैं जैसे इंसान सूख जाता है ठीक वैसे और फिर उसमें पानी, हवा, जगह सब बदला जाता मगर वो अड़ियल मुरझाये ही रहते। फिर उसे जड़ से उखाड़ कर फेंकना पड़ता क्योंकि वो बीमार थे जो ख़ुद लड़ना नहीं चाहते थे बीमारी से। फिर एक नया पौधा उस गमले में लगा दिया जाता। मैं जब भी माँ को पीली साड़ी में देखता। तो सोचता माँ अपने लड़कपन में किस से प्यार करती होंगी? कितने लड़के उनके पीछे पड़े रहते होंगे। माँ कोई मधुबाला से कम थोड़ी थी। वो नानू की सबसे प्यारी हैं इसलिए उन्होंने उनका नाम चाँदनी रखा था। ताकि वो मेरे अंदर धधकती आग को ठंडा कर दें अपनी ममता के आँचल से। क्या होता अगर माँ की किसी और से शादी हो जाती; कितना सुखी होती वो। उन्हें रोज़ शीशे के टूटने का डर नहीं रहता। वो हर वक़्त हाथ में झाड़ू लेकर नहीं खड़ी होतीं, काँच की किर्चें बीनने के लिए। मैं उन्हें सुखी देखना चाहता था और हूँ। लेकिन वो कभी पूरी तरीक़े से सुखी नहीं दिखी क्योंकि बाबा ने ग़ायब होना बंद ही नहीं करा कभी। कभी-कभी तो मेरा मन करता माँ को एक नया पौधा लाकर दे दूँ। माँ कम से कम ख़ुश तो दिखेंगी। आख़िर कब तक वो उस मुरझाये पौधे की देखभाल करेंगी जब उस पौधे को सूरज की आग में जलकर जीने में मज़ा आता है तो माँ रात की चाँदनी बन कैसे उस पौधे को ठंडा करेंगी। सारी पत्तियाँ जला डालीं, फूल का तो नाम-ओ-निशाँ नहीं। आयेगा भी कैसे बाबा को मनी प्लांट जो पसंद था। कहते थे इसे घर रखने से ख़ूब पैसा आयेगा। मैंने पूछा भी बाबा से "कैसे?" कहते बस आयेगा क्योंकि इसका नाम ही मनी प्लांट है। जिसके चलते मैंने भी अपने आप को सच में कर्ण मान लिया नाम के चलते। लेकिन मैंने सोच लिया था मैं अपने कुंडल कवच किसी को नहीं दूँगा। वो मेरी माँ की रक्षा के लिए हैं। जो मेरी माँ को परेशान करेगा मैं अपने बाणों से उसे छोड़ूँगा नहीं। ऐसे ही थोड़ी मैंने इतने साल अपने अंदर आग जलाकर बाण चलाना सीखा है। एकदम सटीक निशाना लगता है मेरा।

घर के बाहर छत पर हर तरफ़ गमले ही गमले हैं, सुकून देने वाले पौधे। लेकिन सारे पौधे मनी प्लांट के हैं जिससे मुझे चिढ़ हो गयी। बाबा अमीर तो

बनना चाहते हैं लेकिन कुछ करके नहीं इन पौधों को लगाकर। मुझे अच्छे से याद है सर्दियों में बाबा हमें हर इतवार को सुबह-सुबह दूर वाली मार्किट ले जाया करते थे। जहाँ से मैं जैम्स का पैकेट लेता था और छोटू क्या लेता था याद नहीं वो ज़्यादा बोलता नहीं था शायद बाबा के ग़ायब हो जाने का असर उस पर बहुत हुआ था। वो मेरी तरह बाबा के ग़ायब होने की वजह को जान नहीं पाया था या फिर उसने उस आग को सही दिशा में इस्तेमाल नहीं करा था। छत पर शकरकन्दियाँ भूनकर खाने में भी बहुत मज़ा आता था। उस वक़्त वो ठीक थे, शायद! वो बहुत अच्छी शकरकंदी भूनते थे; कहते थे कोई भी चीज़ पकानी हो तो उसके लिए पहले तो संयम चाहिए, फिर उसे धीमीं आँच पर पकने छोड़ दो। बिना जल्दबाज़ी किये उसे बस देखते रहो कहीं ज़्यादा ना जल जाये। बीच-बीच में वो हाथ से शकरकंदी पलट दिया करते, आग उनका कुछ नहीं बिगाड़ पाती। वो तो उन्हीं का अंश है, इसलिए वो जलते नहीं कहीं से भी। शकरकंदी निकाल वो उसे हल्का-सा फोड़कर हम दोनों को दे दिया करते। उसमें हल्का-हल्का धुआँ निकलता और मीठी-मीठी सी ख़ुशबू आती जिसे सूँघ हम बाबा का सूरज हो जाना भूल जाते और बड़े मज़े से मीठी शकरकंदी खाते। वो हमें लालच देते थे पढ़ने के लिए ताकि हम जल्दी से अंग्रेज़ी सीख जायें और बाबा की तरह विदेश जाकर वहीं रहकर ख़ूब पैसा कमाये इतना कि मुम्बई के समंदर को बर्फ़-सा जमा दें। लेकिन बाबा हम दोनों को नालायक़ समझते हैं। कहते हैं चाँद की परछाई हो, सूरज की परछाई होते तो बहुत कुछ कर पाते जीवन में। चाँद की परछाई होने की वजह से रात को ही दिमाग़ चलेगा दोनों का और यहीं धूप की होते तो दिन में चलता दिमाग़। रात को तो उल्लू जागते हैं, चौकीदारी होती है। कहते हैं वो भी नहीं होगी तुम दोनों से, संयम नहीं है चौकीदारी के लिए हम दोनों में, संयम चाहिए होता है ढेर सारा। कहते मुझे ही देख लो पहले गाँव में करता था घर की चौकीदारी और अब इस घर की, किसी दूसरे मर्द को घुसने नहीं देता हूँ बिना आज्ञा के। संयम चाहिए होता है ढेर सारा नहीं तो मर्द को घर घुसते देर नहीं लगती। कहते तुम दोनों तो इतने समझदार भी नहीं कि इस बात को समझ सको, जाओ पतंग उड़ाओ जाकर बस। वही सही है तुम दोनों के लिए तब ना ही धूप होती है और ना ही रात। शायद इसी कारण मुझे पतंग उड़ाना बहुत पसंद है और शाम को गली में खेलना। कभी-कभी बाबा मेरे दिमाग़ में कई सालों से गुथ रहे सवालों के उत्तर यूँ ही आम बात-चीत में दे दिया करते। लेकिन मैं उन्हें

बताता नहीं यह बात, नहीं तो वो और घमण्डी हो अपने गुम हो जाने की बात झुटलायेंगे जैसे अब तक झुटलाते आये हैं।

रात में जब सब छत पर पलंग डाल कर सोते थे। तब भी वो बीमार नहीं हुए थे क्योंकि उस वक़्त वो कहानियाँ, चुटकुले, पहेलियाँ सुनाया करते थे हर रोज़ हर रात बिना सुने हम लोग सोते नहीं थे। उन सब कहानियों, चुटकुलों और पहेलियों को मैंने ख़ूब अच्छे से याद कर लिया था। जिसके कारण मेरी ख़ुद की वाहवाही होती बड़ों के सामने, रिश्तेदारों के घर, अपने साथ वालों पर टशन मारता। स्कूल में कठिन से कठिन पहेलियाँ पूछता जिन्हें सुलझाने में सबकी निक्कर गीली हो जाती थी। कुल मिलाकर मैं चुटकुलों और पहेलियों का राजा बन गया था जो हर जगह मशहूर था। बाबा ने एक चीज़ तो दी थी मुझे मानना होगा। एक नहीं दो, हाँ दो! अपनी कहानियों, पहेलियों और चुटकुलों का ज़ख़ीरा दे दिया था। जिसे याद कर मैंने उनकी ताक़त अपने अंदर कर ली थी। लेकिन ये दिमाग़ भी बड़ा अजीब होता है जब दूसरे लोगों के नये चुटकुले-पहेलियाँ सुनता और जो मुझे अच्छी लगती उन्हें याद करने की बहुत कोशिश करता लेकिन एक भी याद नहीं होती। जिस कारण आज भी मुझे उन तारों के नीचे सुनाये गये चुटकुले-पहेलियाँ अच्छे से याद हैं और अपने बिना ग़ायब हुए बाबा। लेकिन जब आज उनके ग़ायब होने की गुत्थी को किसी रात को अधखुली नींद में सुलझा रहा होता हूँ तो लगता है वो बहुत पहले ही बीमार हो चुके थे। मतलब ग़ायब हो चुके थे।

माँ कहती कि उन्हें एक फ़्लैट बेचने वाले ने कुछ मिलाकर पिला दिया जिसके चलते वो बीमार हो गये। वो फ़्लैट कभी बना नहीं क्योंकि वो पाँचवे माले पर था। छत के साथ सब बनाकर देने की बात हुई थी। लेकिन उस आदमी ने ना ही फ़्लैट बनाया और ना ही कभी पैसे वापस दिये। जिसके चलते माँ कहती कि उसी ने कुछ घोल के पिला दिया था उन्हें। उनके चाय के कप में मोम मिला था, पिघला हुआ। जिसे वो बर्फ़ समझ पी लें और फिर उनकी सूरज जैसी शक्ति कहीं खो जाये। वो ठंडे डरपोक इंसान बन जायें। जो अकेला पहाड़ों पर रहे ठंडे बर्फ़ में। वो डरपोक थे इसलिए कभी उससे पैसे नहीं ले पाये। मैं और छोटू जब भी उनसे उस आदमी से पैसे लेने के लिए बोलते तो वो कहते 12 साल बाद मिल जायेंगे, हर साल वो यही कहते। और जब 12 साल हुए तो बोले अगर वो उस वक़्त कोर्ट कचहरी करते तो उनके जितने पैसे फंसे थे उससे ज़्यादा ख़र्च ही

जाते। लेकिन मुझे लगता बाबा उस आदमी की प्लास्टिक की बन्दूक़ से डरते थे जिस बन्दूक़ से वो डॉन बनना चाहते थे, जिस बन्दूक़ ने उन्हें बन्दूक़ बनाने की फ़ैक्ट्री में ला छोड़ा था। वहीं बन्दूक़ से वो आदमी उन्हें मुम्बई के समन्दर के बीचोबीच में खड़ा कर बर्फ़ में जमा देता बन्दूक़ की नली आसमान में कर। अगर वो बर्फ़ को छूते तो सब बह जाते पिघली बर्फ़ के पानी से इसलिए उन्हें वहीं जमे रहना होता। लेकिन बाबा को जमे रहने से डर लगता है। कहते थे इंसान को तालाब नहीं नदी होना चाहिए। वो सूरज हैं जमे थोड़ी रह सकते हैं, इन्हीं सब पेंच के चलते उन्होंने उस आदमी को जाने दिया या यूँ कहें बाबा ने अपने आप को बचा लिया बर्फ़ में जमने से। बर्फ़!

मेरी बाबा से मुश्किल से चार- पाँच घण्टे बात हुई होगी अगर मैं अपनी पैदाइश से अब तक का समय जोड़ूँ। हाँ सच सिर्फ़ एक दो शब्द ही बात होती कई-कई दिन में जिसके चलते अब तक कि हमारी बातचीत का समय जोड़ा जाये तो वो तक़रीबन चार या पाँच घण्टे ही बैठेगा या उससे भी कम लेकिन ज़्यादा नहीं। जब दादी के देहांत पर मैं और बाबा पहली बार एक साथ इतनी दूर गये थे। तब शायद हमारी सबसे ज़्यादा लम्बी बात हुई थी। बस से गये थे; शायद इसलिए कि सफ़र लम्बा हो सके और मैं बाबा से ज़्यादा देर तक बात कर सकूँ। लेकिन बाबा को तो मेरी कक्षा ही नहीं पता थी। तब मैं समझ गया था वो ग़ायब हैं और रहेंगे। किसी बस स्टॉप पर रुक उन्होंने दो खीरे लिये थे। जिनमें चाकू से नमक-मसाला भरा था और ऊपर से नींबू निचोड़ा हुआ था। बहुत ही मज़े के थे वो खीरे। बाबा कहते इसमें चाकू से भरा है नमक इसीलिए मज़े के हैं अगर उँगली से भरा होता तो यह मज़ा नहीं आता। मैंने पहली बार खाये थे, बाबा ने मुझसे पूछा भी था कि और खाओगे। लेकिन मैं चाहते हुए भी हाँ नहीं कह पाया, न जाने क्यों। फिर बस चल पड़ी। मैंने पहली बार नदी में बच्चों को सिक्के चुगते देखा था। मैंने भी जेब में हाथ डाला लेकिन सिक्का नहीं मिला जिसे बाबा ने भाँप लिया और मुझे एक अठन्नी दे दी। मैंने ना जाने क्या ही माँगा, आँखें बंद कर, उस सिक्के को चूम चलती बस से बाहर नदी में फेंक दिया। जिसके पीछे एक बच्चा दौड़ा। पता नहीं क्या हुआ होगा उसके जीवन के साथ। उसे वो सिक्का नहीं उठाना चाहिए था। ज़रूर उसने उससे नान-ख़तााई खाई होगी जो उसकी आतों में चिपक गयी होगी जीवन भर के लिए। कई बार तो मुझे लगता है अगर वो बच्चा उस सिक्के को नहीं लेता तो बाबा सही हो जाते ऐसे ग़ायब ना होते। लेकिन

वो भी क्या करता उसकी चटोरी ज़ुबान उसे चैन से खड़ा नहीं रहने देती घाट पर। कई बच्चों के पेट में गुदगुदाती रहती होंगी कामनाएँ ताउम्र जिन्होंने नदी में गोते खाकर कामनाओं वाले सिक्के चुग लिये होंगे। यह सोचते हुए मैं दादी के घर पहुँच गया; दादी मर गयी थीं। उन्हें पाँचवीं बार देखा था बस अब छठी बार देख रहा था। बिल्कुल शांत लेटी थीं। मैंने उठाया भी नहीं उन्हें। मैंने सोचा आराम से सोने देता हूँ वैसे ही उन्हें ज़्यादा देर तक नींद नहीं आती थी। आधी-आधी रात उठ खड़ी होती थीं और चाँद को देख कुछ बुदबुदाती रहती थीं। दादी बिना उठे और आँख खोले सोते हुए मुझसे बोली कि अपने बाप को पहाड़ों पर ले जाकर एक मुट्ठी में बर्फ़ और दूसरी मुट्ठी में कुछ सिक्के दे देना और सामने एक शीशा गाड़ देना। उनकी कनपटी पर बन्दूक़ रख आसमान में अपना बाण चला देना। तुम्हारा बाबा ठीक हो जायेगा। मैंने सबको बताई यह बात किसी ने मेरी बात पर यक़ीन नहीं किया फिर मैंने उन्हें वो बात भी नहीं बताई जिसे दादी ने मना करा था बताने को। दादी ने कहा था जब तक तू पटरी का फट्टा बना रहेगा तब तक तेरा बाबा ऐसा ही रहेगा। उखड़ जा और चलने लग कहीं और फिर देख तेरा बाबा कैसे सही होता है। लेकिन मैं माँ की वजह से वहाँ से हिला नहीं और ट्रेन को सुकून से चलने दिया। छोटू को भी मैंने ऐसे ही जुड़े हुए रहने को कहा। दादी को सब ले गये मुझे घर छोड़ दिया। फिर दादी कभी नहीं आयी लौटकर। उस दिन मैं अकेला ही सोया चारपाई पर। गाँव में ऐसा पहली बार हुआ था नहीं तो हर बार दादी मुझे अपने पास सुलाती और हर बार मैं बाबा के ग़ायब होने की वजह पूछता तो वो गुस्सा हो जातीं। कहतीं शीशे तो हर मर्द तोड़ते हैं इससे कोई बीमार थोड़ी बन जाता है। मैंने उन्हें समझाया भी कि वो सिर्फ़ शीशे नहीं तोड़ते उस शीशे से बर्फ़ निकालते हैं फ्रिज से ढेर सारी जिसे सुन दादी उल्टा मुझे पागल समझने लगीं। बोली तुझे काली पहाड़ी ले जाऊँगी वहाँ एक बाबा रहता है, जिसकी बग़ल के बाल में अद्भुत शक्तियाँ हैं वो तेरे दिमाग़ से यह सब निकाल देगा। लेकिन वो कभी लेकर ही नहीं गयीं। इसी बात से नाराज़ हो मैंने उस रात उनकी दुलाई नहीं ओढ़ी थी। ख़ुद तो चली गयीं ऊपर और मुझे बिना बाबा की बीमारी का हल दिये यहाँ छोड़ दिया, जलने के लिए। कई बार मैंने आसमान में बाण फेंके कि दादी कुछ उत्तर दें, वो कुछ तरकीब मुझे बतायें बाबा को ग़ायब ना होने देने की, लेकिन वो कुछ ना बोली बस रात को टिमटिमाती रहतीं जैसे वो मुझे पहेली सुलझाता देख हँसा करती थी ठीक उसी तरह और ज़्यादा हँसी के

साथ मुझे बाबा के जीवन की पहेली सुलझाता देख हँसा करतीं। जिससे गुस्सा हो मैंने छत पर सोना ही बंद कर दिया। हालाँकि अब मैं आकशगंगाओं की सैर नहीं कर पाता। बचपन में तारों के नीचे लेट, सपनों में आकाशगंगाओं में जाता था अब सपनों में भी दीवारों में होता हूँ, आस-पास का परिवेश सचमुच बहुत असर करता है। सूरज के साथ रहते-रहते मेरे अंदर भी आग भर चुकी है। जिसे ख़ुद सूरज ने जलाया है हर दिन हर पल अपना एहसास कराते हुए, अपनी बीमारी को ना बीमारी दिखाते हुए, अपने आप को ग़ायब करते हुए।

मैंने कई बार माँ से उनके कान में शीशे के चूरे के बारे में पूछा लेकिन वो हँस देतीं और अपने बचपन की बात छेड़ देतीं। लेकिन मैं जब उनसे ज़िद करने लगता तभी छोटू मुझे आँखें दिखा देता। ऐसा लगता मानो छोटू मुझसे ज़्यादा जानता है इन रहस्यमय बातों के बारे में। लेकिन कुछ बोलता नहीं। मैं चुप हो माँ की बचपन की बातें सुनने लगा। माँ बताती कैसे वो और उनकी बड़ी बहन पड़ोस वाली की बत्तख पर बैठ गयी थी जिनसे उनकी दो बत्तखें मर गयीं और उनका पैसा नानी को भरना पड़ा था। मैं और छोटू यह बात सुन बहुत हँसे थे और सोचने लगे कि माँ भी क्या कभी बच्ची थी। मुझे तो यक़ीन ही नहीं हुआ। माँ भी कभी बच्ची हो सकती हैं भला। उन्हें तो मैंने हर दम बड़ा ही पाया बहुत बड़ा जो अपनी छाँव में सबको ठंडक दिया करती। मुझे माँ की बचपन वाली बात झूठ लगी लेकिन फिर भी मैं ख़ूब हँसा और फिर दूसरे ही पल माँ के कान से टूटे शीशे का चूरा झड़ने लगा, वो झाड़ू लेने दौड़ पड़ी और हम दोनों उसी काँच से बने कंचे खेलने दौड़ पड़े।

मेरी बाबा से लड़कपन में बहुत कम ही बात होती थी। एक बार मैंने कह दिया उनसे मैं मुम्बई जाऊँगा और उसके समंदर में आग जला कर शकरकंदी भूनूँगा। कोई जल्दबाज़ी नहीं करूँगा एहतियात से सुकून से धीमीं आँच पर पानी से बचाते हुए शकरकंदी पकाकर ख़ूब चाव से खाऊँगा जिससे पूरी मुम्बई में मेरी शकरकंदी मशहूर हो जायेंगी। लेकिन उन्हें कोई खा नहीं सकेगा क्योंकि मैं तो बीचोबीच समन्दर में होऊँगा। मेरे तक आने के लिए अपने अंदर उतनी ही आग भरनी होगी जितनी मेरे अंदर है। मेरे बाबा की तरह उनके बाबा को ग़ायब होना पड़ेगा, सूरज को बर्फ़ पर रहने वाला सपना भी देखना होगा, शीशे तोड़ उसपर लेटना आना भी होगा, पूरा दिन शीशे तोड़ रात सुकून से बिस्तर पर

सोना होगा अपनी बीवी पर इल्ज़ाम लगाकर उनके ग़ायब होने का। अगर यह किसी के बाबा और कोई बाबा का ऐसा कर्ण कर पाया तो वो आराम से बीच समंदर में मेरे साथ अच्छी भुनी हुई शकरकंदी खा पायेगा और बाबा के ग़ायब हो जाने का राज़ और दुःख दोनों समझ पायेगा। नहीं तो सबकी तरह वो मेरे पानी के ऊपर बैठ शकरकंदी खाते चमत्कार और मेरे अंदर की भभकती ज्वाला को देख मुझसे सम्मोहित हो उठेगा और दूसरे ही पल मेरे क़रीब आने की चाह में राख हो जायेगा जैसा कि मेरे बाबा हो गये थे। जब उन्होंने ख़ुद को ग़ायब कर मुझे कर्ण बना मेरे ही क़रीब आने की कोशिश की। मुझसे दो मीठे बोल बोलने की कोशिश की, जब उनकी उम्र ढलने लगी, जब उनका पागलपन हल्का पड़ने लगा। तब उन्हें उनके ग़ायब होने की वजह और ग़ायब होना दिखने लगा। तब उन्होंने शीशे को जोड़ सुकून से उसे वाशबेसिन पर लगाकर, उसमें देखकर अपनी दाढ़ी बनायी थी। वो उनकी आख़िरी हजामत थी शायद। क्योंकि वो भूल चुके थे उन्होंने अपने पुत्र को फूलों से नहीं काँटों से पाला था। जिसके पास जाते ही समंदर में छेद हो समन्दर कहीं ब्लैक होल में चला जायेगा और उनका मुम्बई को डूबता देख, बर्फ़ के पहाड़ पर रहना सपना ही रह जायेगा। ठीक मेरी तरह जो अपने बाबा को प्यार से बाबा कहना चाहता था। जो अपने बाबा के साथ खेलना चाहता था। उनसे ढेरों बातें करना चाहता था। उन्हें अपना हीरो बनाना चाहता था। लेकिन अफ़सोस ऐसा कुछ ना हुआ कर्ण बर्फ़ पर खड़ा था, जिसने बाण सीधा बर्फ़ के अंदर ही चला दिया बिना ज़्यादा सोचे, जिससे सारी बर्फ़ पिघल सूरज को डूबा ले गयी अपने साथ। अब सुबह नहीं होती केवल शाम और रात होती हैं। माँ अब थोड़ा ख़ुश दिखती है या फिर ऐसा नाटक करती है। मैं कभी भी माँ के झूठ को पकड़ नहीं पाया। माँ ने झाड़ू जला दी और सारे शीशे भी संदूक़ में बंद करके रख दिये। मैं डॉक्टर ना बनकर बिजली विभाग में काम करने लगा। जहाँ मैं आग और ठंडे पानी से बिजली पैदा करता ढेर सारी जिससे मेरे शरीर को थोड़ा हल्कापन महसूस होता। मैं उस काली पहाड़ी पर भी गया था जिसके बारे में दादी ने बताया था, वहाँ पर कोई बाबा नहीं था। वहाँ पर एक नारियल का खोल पड़ा था जिसपर मेरा ही आधा चित्र बना था जिसे देख मैं डर गया था। मैंने नारियल को पहाड़ी की चोटी से नीचे नदी में फेंक दिया और अपने धनुष को तोड़ उसकी डंडियों को पतंग के तिल्ले की जगह लगा लिया और फिर मैं वहीं रहने लगा और हर शाम वहीं पतंग उड़ाता। माँ को एक नया पौधा लाकर

दे दिया था मैंने, इसी कारण इतनी दूर काली पहाड़ी पर अकेला रह पा रहा था। फिर मेरी बग़लों के बाल बड़े होने लगे जिनमें से मोती झड़ते थे पसीने की बूँदों की जगह। मैंने सारे मोती इकट्ठा कर उन्हें बर्फ़ में जमा दिया।

www.ingramcontent.com/pod-product-compliance
Lightning Source LLC
Chambersburg PA
CBHW051457130726

47987CB00005B/2359